文治
© wénzhì books

更好的阅读

夏日幽灵

サマーゴースト
Summer Ghost

[日] 乙一 著

温雪亮 译

中国友谊出版公司

一

仙女棒前端的火球在不断扩大，被包裹在纸捻中的火药熔化成高温的"水滴"。

火球的上端比下端更明亮，颜色也更加漂亮。伴随着高温，周围的空气形成了上升的气流，这是由下往上涌来的氧气造成的。火球微微一震，终于开始绽放火花。

仙女棒瞬间发出耀眼的光芒。突然间，虫鸣声消失了，四周变得鸦雀无声。这种感觉已经一年多没经历过了。随着时间被延长，整个世界的联系似乎被逐渐削弱。唯独此地没有发生任何变化，真可谓一个奇迹。

葵站在我的身边。

我的背后则站着凉。

我们三人就这样围在一起,看着仙女棒绽放。

"咱们三个好久没像这样聚在一起了呢。"葵开口说道。

我点头表示同意。

"没错。我最近比较忙,不过终于回来了。抱歉,让大家久等了。"

"不用在意,能见到你们我就很开心了。那件事,已经过去一年了吧。"

凉仰望着天空。

黎明到来前的天空,与其说是黑色,不如说是厚重的蔚蓝色。

此时我的脑海中,浮现出了那个女人的身姿。

我想起了那个虚幻的、模糊的、不确定是否还存在的她的事情。

二

一年前的暑假，我站在大厦的楼顶，凝视着地面并想象着：如果从楼顶跳下去，需要几秒钟才能落在地上并砸坏地面呢？

听说，有自杀想法的男性中约有百分之七的人会选择跳楼自杀。城市里林立着许多高层建筑物，如果不多加留意的话，就会将他人卷入其中。自杀者在行人往来的地方跳楼，并把下面的行人卷入其中的事件可谓频繁发生。不过，选择自杀的人多少都有些精神不正常，所以他们应该也不会考虑行人的死活吧？

那我自杀的时候，该从哪栋大厦上面跳下去呢？如果真想死的话，最理想的高度是距地面二十米。其实我在闲暇时就已经进行过筛选，缩小了选择的范围。正当我心不在焉想着这件事的时候，手机收到了一条信息，约好的两人应该已经到店里了。

离开屋顶，我乘坐电梯来到了有咖啡厅的楼层。走进咖啡厅的时候，店里正播放着舒缓的音乐。咖啡厅的冷气给得很足，两个身着日常服装、高中生模样的人，正坐在窗边的圆形桌子旁直直地望向我。虽说是第一次见面，但我们彼此都立刻认出了对方。那个女生便是春川葵，男生肯定就是小林凉了。我是在数日前通过短信认识这两个人的。

我走向他们所在的那张桌子。

"是葵同学和凉同学吗？"

"啊，是的。"

看上去有些紧张的葵对我打了招呼。她是个身材娇小、非常可爱的女生。她的样子让我想到了小动物。

"请多关照,友也同学。"

凉伸出一只手,并喊着我的名字。他五官端正,举止得体,给人很时髦的印象,是那种街头风打扮的男生。

我将椅子拉到桌前。由于桌子是圆形的,我们三人都以一百二十度侧身面对着彼此。我们点了一些饮品,过了一会儿才闲聊起来,初次见面的紧张感得以缓解。我们在谈话中互相说明了自己的年龄还有家庭住址。我和凉十八岁,念高三。葵十七岁,念高二。至于大家的居住位置,好像彼此间都需要乘坐几站电车才能到达。

寒暄过后,我们便直奔主题。我从书包里取出地图平摊在桌子上。

"那么,差不多该说一说有关'夏日幽灵'的事了。"

在县界附近的郊区,曾有一座机场。那里是过去战争爆发的时候,根据军队的要求建成的。听说在第二次世界大战末期,为了击退飞往首都圈的轰炸机,这个机场配备了战斗机队。战争结束后,民间的航空公司准备利用这个机场随时飞往离岛。然而在计划实现之前,那家公司由于经营失败破产了,机场也因此关闭。机场航站楼以及航空管制塔被移除,最终只剩下用作跑道的宽阔土地。如今,虽说县政府一直在商议关于这片土地该如何有效利用的问题,但从我记事开始,那里就没有改变过,想必是被人遗忘了吧。

偶尔,会有一些年轻人潜入那片场地进行游戏。"夏日幽灵"便是那群年轻人从数年前开始一直私下流传的都市传说。

"最初有人目击幽灵是在三年前的夏天,擅自潜入机场的一群中学生在燃放烟火时看到的。"

我一边进行说明,一边用手指指向地图上的一个点。在只有河川和平原的画面上,四周全是空白,那里便是机场旧址的所在地。

"第二次目击发生在第二年的夏天,是被偷偷潜入的小学生们发现的。那群孩子好像是在跑道上点燃手持烟花时看到的。"

"烟花吗……"

凉小声说道。

"好像只要夏天在那个地方点燃烟花,'那个家伙'就会出现。还有其他人曾目击过类似的事情,有一家人,有暴走族,也有独自一人前去的,只要是潜入过那个机场的人……不论是谁,全都在夏天,并且是在点燃烟花的时候见到了'那个家伙'。"

"如果传言是真的,'那个家伙'应该是个女人了?"葵说道。

我又从书包里取出素描簿,一边用铅笔绘制画像,一边向他们说明。我将脑海里浮现出的信息画在了画纸上。

"外表是二十岁上下的女性,有着长长的黑发,穿着黑色长裙,画出来应该就是这种感觉。"

根据从网上搜集到的信息,我迅速将"夏日幽灵"的形象画了出来。葵看到我的画后钦佩地说道:"友也同学,你画得真好。"

"我上初中的时候是美术部的成员。"

记得在当年,我一直练习胸像素描。即便到了现在,我依旧怀念那时候的经历。

"幽灵竟然有脚?"凉看着我描绘出来的形象,说道。

"如果网上流传的内容属实的话,应该是有脚的。"

"夏日幽灵"。

——一个只在夏天出现的女性幽灵。

葵问道:"听说它是自杀而死的女性幽灵,这是真的吗?"

"不清楚。从头到尾都只是传闻,你见到对方时可以问一下。"

为何我们几个会为了见她而相互联络,并且今天还聚集在这里呢?

走出咖啡厅后,我们开始行动。在建材超市购买了烟花后,我们一同坐上了公交车。

公交车刚驶离商业区没多久,窗外的建筑物就变得稀少起来。郊外有着一望无际的荒地,车上除了我们三人以及司机外,再无其他乘客。

公交车停在县界附近,这里只能见到一片荒地。我们走在未曾铺修道路的土地上,一边确认地图,一边朝机场旧址走去。太阳开始向西方落下,天空一点点泛出红色。

葵站在原地,凉回头望去。

"怎么了?"

"啊,不是。我就是冷静想了想,幽灵还是有点可怕的。"

"你想回去也行,反正我是要去的。"

凉向前走去,我赶紧跟上他的步伐,看上去有些慌张的葵也跟了上来。

"夏日幽灵"真的存在吗?关于这点,我也不清楚。不过我们确实想跟她见上一面,并且有问题想问她。

死亡，是怎样的感觉呢？

会痛吗？

会痛苦吗？

既然是幽灵，作为前辈的她，应该能回答我们这些问题吧？

站在山丘上往下望去，能见到一片被铁丝网包围的宽阔场地。飞机跑道延展于长方形的平坦土地上。曾经有过建筑物的地方，如今只剩下混凝土地基了。除此之外，地面上还生长着葱郁的杂草。

"那里就是机场旧址？"

"看起来像是。"

"从哪里能进去呢？"

"走近些看看吧。"

走下山丘可以看到，划分这片场地边界的铁丝网已经生锈变形。沿着铁丝网寻找，我们发现了一处破损的地方。比起自然损坏，这个缺口更像是被什么人强行撬开的。我们顺着这个缺口进去。

拨开杂草,我们来到跑道上。

"哇,好棒啊!这里让人感觉好舒服啊!"葵开心似的说道。

平坦的地面一直延伸到远方,与晚霞相连。

凉把装有烟花的袋子放到跑道上,然后从中取出烟花。我们买了各式各样的烟花。

"你认为'夏日幽灵'真的存在吗?"凉问道。

"可能只是个传说吧。不可思议的是,'夏日幽灵'的传说从三年前开始,突然传播得很广。"

凉将喷泉烟花放在地上,我则取出打火机点燃引线,色彩鲜艳的烟花开始喷出。虽然天空还亮着,但四溅而出的绿色及粉色的火花仍是那么漂亮。葵发出了赞叹的声音。

火药燃烧的味道伴随着烟雾飘散开来,刺鼻的味道并没有令人感到不快。这让我想起小时候天真无邪地欣赏烟花时的情景。

喷泉一般的光束仅仅持续二十秒就结束了。当火药燃烧殆尽,世界重回宁静的时候,我竟然产生了"难不成就这样结束了吗"的心情。

"凉,接下来试试看这个。"

葵沉浸在燃放烟花中,似乎已经忘记"夏日幽灵"的事了。她把手伸进装有烟花的袋子里摸索,然后把一个烟花递给了凉。

太阳落山后,天空变暗了。清风徐来,暑气得以缓和,天上的星星开始闪烁。我们在没有遮挡物的跑道正中央依次点燃了烟花,两种颜色的火花照亮我们的脸。

幽灵并没有出现,燃放烟花产生的垃圾却越来越多。我们并没有准备用来灭火的水桶,只是将燃烧过的烟花堆放在脚边。

"'夏日幽灵'没出现啊,明明已经点了这么多了。差不多该回去了,再不回去的话就糟了。"凉说道。

考虑到返程所需要的时间,的确到了该结束的时候了。买来的烟花所剩无几了。我们点燃了成套的手持烟花,最后只剩下了附赠的数根仙女棒。

"这是最后的了。"

我将仙女棒分别递给凉和葵,彩色的纸捻前端包裹着少量火药,我们一人一根,用打火机的火苗点燃仙女棒前端。

"其实我有点相信幽灵的存在。很好笑吧?不过,很久没像今天这样开心了。真的很快乐,谢了。"

凉不轻易表露感情,就算在跑道上燃放烟花,他也不会像葵那样发出兴奋的声音,只会默默看着烟花燃烧。他虽然没有说话,但看上去乐在其中。

能这样就好。

在死之前,能拥有一颗感受快乐的心,其实是件不错的事。

被点燃的仙女棒燃烧出了红色的"水滴"。那个通常被称为火球的球体,一边发出"啪啪啪"的声音,一边微微颤动着,开始喷出火花。那让人联想到松针的橙色火花围绕在仙女棒前端,突然出现继而突然消失。

"我也好久没这么开心了,开心到连讨厌的事都想不起来了。"葵说道。

这时,仙女棒的火花变得激烈起来,前端在噼里啪啦的巨大声响中闪着光。

"好烫……"

葵扔掉手中的仙女棒。

激烈的火花便迅速恢复如常。

"刚才发生了什么?"

"不清楚……"我回答了凉的问题。难不成这根仙女棒是残次品?

周围鸦雀无声,安静到令人害怕,既听不到风吹动杂草的声音,也听不到微弱的虫鸣声。

仙女棒还冒着火花,那火花以不可思议的缓慢速度在空中晃动着。刚才它还能瞬间产生松针的形状，现在则像时间延长了一样，光线被吸引到了空中。

"这是……什么？"葵发出困惑的声音。

顺着她的视线望去，刚才被她扔掉的仙女棒竟然停滞在空中，并且以即将落地的姿势飘浮着。

它的样子很奇怪，就连时间的流逝也变得很奇怪，现在几乎处于静止的状态。仙女棒的火花已经消失了，火球的四周只飘浮着几个极小的光粒。我懂了，看上去是火花的东西，其实是光粒的残像。极小的点高速飞行然后分裂，其轨道所勾勒出的残像被我们当作火花的形状。

突然，我感受到不知什么人投来的视线。似乎不只是我有这种感觉，凉和葵也回头望向四周。现场被紧张感支配，那冰冷的空气令我们感到心情沉重。

背后传来了叹息声，可我的身后应该没有人才对啊。

就在我战战兢兢回过头想要确认的时候，她不知何时竟悄然无声地站在了那里。果然是位女性，她站在龟裂的跑道以及杂草丛生的场地边界上，样子和来到这里之前我在咖啡厅画出的草图极为相似。那是位留着黑色长发的年轻女子，脸色煞白，气色看上去不太好，暗色的连衣裙下伸出了穿着鞋的脚。不过不可思议的是，她很没有存在感，给人一种仿佛只要触碰一下就会消失的虚幻的印象。

葵和凉似乎都被吓到无法出声。我其实也差不多，只不过总觉得应该说些什么，于是对她说道：

"……请问你是'夏日幽灵'吗？"

由于这是在网上流传的名字，因此她本人并不清楚这个称谓。说起来，对方是能沟通的对象吗？我的大脑已经转不过来了。她歪着头，目不转睛地看着我。

我注意到她踮起了脚尖。不，她并非站立。准确地说，她的脚尖与地面有着数厘米的距离。她仿佛没有体重般飘浮在空中——是真真正正的幽灵。

"夏日幽灵"的传说是真实存在的。

世上有一种叫作自杀网站的东西，对自杀感兴趣的人会聚集于此，在论坛上交换意见。有些人会向他人倾诉烦恼，有些人则会寻找不痛苦的死亡方式。我、葵，还有凉，就是在这类论坛上认识的。与自己生活在同一地区的高中生，会不会也有想过自杀的朋友呢？抱着这样的疑问，我在论坛上发布了相关帖子。

我们素未谋面，只是通过网络交流。在交换过数次信息后，我得知对方并没有冒充他人，是真正怀有自杀想法的高中生。

葵好像在学校遭到了霸凌，她去找老师商量，结果没人搭理她，就连家里人也对她爱搭不理的，这让葵活得相当痛苦。

凉患有难以治愈的重病，似乎活不到明年。他饱受疾病侵蚀，在变得更加痛苦前，凉认为不如索性结束生命。

与他们两人相比，我的烦恼可以说是微不足道的。或许，我本就对活着持有消极态度。我既没有遭到校园霸凌，也没身患重病，只是对"活着"这件事有一种说不清楚的疲倦感。

"人死之后，也存在校园阶级吗？"
"这个嘛，怎么说呢，我基本上都是一个人。"
"真好。那样的话更轻松呢。"
"毕竟身边有人，不一定全都是好事。"
葵在与"夏日幽灵"对话。

没想到，对方竟然是个能够沟通的幽灵。

最开始的惊恐总算告一段落，我们也恢复了平常心。通常情况下，人会在幽灵出现时逃跑。实际上，此前目击过她的人都因为头脑混乱和恐惧而失去理智，火速逃离了机场旧址。

我们已做好充分的思想准备，原本就是为了见她才来到这里的。我们不仅没有逃跑，表现出的渴望与她对话的反应反而令对方有些不知所措。

"来了群奇怪的孩子……"她开口说道。

顺便说一下,她的名字好像叫作佐藤绚音,这应该是她生前的名字吧。她并非从一开始就是幽灵,在变成幽灵之前,她还活着。

她看上去二十岁上下,有着长长的黑发,身着长款连衣裙。纤细的脖子上戴着一条银色项链,上面有一个如血般鲜红的吊坠。美丽的容貌让人联想起在美术馆看到的画作,那忧郁的阴沉气氛以及雪白的肌肤衬得她更加神秘。

她似乎可以根据自身意志,选择飘浮还是站在地面上。如今在和葵说话的时候,她的脚就踩在地上。

"葵,你对死后的世界感兴趣吗?"

"是的。学校太可恶了,这个世界的一切都很可恶,所以我想去死。"

"原来如此。不过,我无法详尽地回答你关于死后世界的事情,因为我也不是很清楚。"

"绚音小姐不是生活在死后的世界吗?"

生活在死后的世界——这话是什么意思呢?

我在稍微远点的地方一边听着她们的对话,一边这样想着。坐在我身边的凉似乎也有着同样的想法,我们四目相对并耸了耸肩。

"我死后,只能在这片区域附近徘徊。我从没见过其他逝者,大家可能都去了类似冥界的地方。"

说出这句话的佐藤绚音,抬头望向夜空。

"那个仙女棒是怎么回事?"凉看着飘浮在距离地面数十厘米的三根仙女棒,问道。

绚音出现后,我和凉将仙女棒扔了出去,但它们都在落向地面的过程中停住了。

"估计是时间停止了吧。"

周围的杂草没有晃动,就连几只正飞动的昆虫也停在空中。

"这到底是怎么一回事?"

"我们的意识流动可能被极限加速了。或许正因如此,我们所看到的时间才是静止的。"

我还有一个问题：在这种情况下，我们的身体为何能够正常活动呢？如果时间是静止的，为了看到物体，视网膜捕捉到的光应该会随之中断，周围会变成一片漆黑才对，衣服会像静止住一样，身体也理应无法活动——但我们还能活动自如。我们很有可能进入了与一般物理空间隔绝的地方。

"唉……光想也没用吧。"凉叹了口气。

对话暂时结束了。

葵回过头对我们说："你们两个也过来说话吧。这么难得的机会，有什么想要问绚音小姐的吗？"

"我就不用了。能见到幽灵，我已经很满足了。"凉说道。

葵对绚音耳语道："凉身患重病，活不了多久了。"

"不要擅自透露他人的隐私。"从语气可以听出，凉并没有真的生气。其实，倒不如说自从"夏日幽灵"出现后，凉就跟遇到了好事似的，心情一直很愉快。能像这样见到幽灵的存在，多少减轻了凉对死亡的恐惧吧。在死后并没有消失而是保留了自我的佐藤绚音，或许给凉的内心带来了平静。本次活动的重点，就是听取一下体验过死亡的前辈的意见，从而找到更适合结束人生的方式。

我们正在研究自杀的事，但依旧恐惧死亡，害怕自身会消失，所以才会想到和幽灵见上一面。

凉似乎没有想问的问题，于是我举起手，向"夏日幽灵"问道："与活着的时候比，人死后有什么变化吗？"

佐藤绚音看着我。她虽然眼神阴沉，瞳孔却很漂亮——就跟人会认为夜色很美一样。

"很多事都会改变。比方说，不用再缴纳税金了。"

"我不是这个意思。我想知道，在幽灵眼里，这个世界是怎样的。"

"你有没有被人说过太认真了？"

佐藤绚音不满似的抱住胳膊。

葵则叉着腰说道："友也，你这个样子，可不会受女生欢迎。"

我似乎因为没有注意到对方在开玩笑而受到了指责。

"对不起，我道歉。"

"我没有看出你是真心感到歉意，只是在迎合他人吧？"

我被吓了一跳，这确实是我一直以来的感觉。我总是看着对方的脸色，期待对方先做出回应。

"那我换一个问题吧。如果死掉的话，能摆脱活着的痛苦吗？"

有传言说，"夏日幽灵"是自杀的女性的幽灵。如果佐藤绚音是自杀的，那她生前一定有着某些烦恼的事。死亡真的能令人从烦恼中解脱吗？葵和凉似乎也对这个问题的答案很感兴趣，我们一言不发地等待着对方的回复。

"人与人都是不一样的吧？每个人都有差异，至少我……"

她停顿片刻，目光稍微下落。

是回想起生前的往事了吗？

"算了，我的事并不重要。"

这时，从视野的角落里闪过一道橙色光芒。在坠落过程中停滞在空中的仙女棒冒出火花，从火球中产生的极小光粒分裂、分支，勾勒出如松针般的轨迹。一开始很慢，后来速度逐渐加快，时间恢复了原本的流速。

佐藤绚音说："生者的世界和死者的世界，已经恢复了原有的距离。我差不多也该走了。"

"已经结束了吗？"葵恋恋不舍似的说道。

"夏日幽灵"微笑着冲我们挥手。

"和你们三个聊天很开心。再见。我好恨啊！[1]"

我有些不知所措，一旁的葵则很自然地挥舞着手："我好恨啊，绚音小姐！"

---

[1] 日本民间传说中，幽灵口中常常会念叨着"我好恨啊"。——编者注

风吹着杂草摇动，虫儿飞来飞去，仙女棒落在地上熄灭了，绚音的身影也消失了，只剩下我们三个站在原地，待了一段时间。

三

暑假中，只有一天需要去学校。这天，教室里显得格外热闹。

班主任让我放学后找他谈话。

在没有同学的教室里，我们隔着课桌四目相对。

"还没决定好吗？"

"嗯。"

"以你的学习能力，我觉得是没有问题的。"

第一学期[1]的时候，进行过升学指导以及个人面谈。班

---

1 日本一个学年分为三个学期。——译者注

主任问我毕业后想去哪所大学，结果我回答不出来。

"我想和母亲商量一下再做决定。"

"暑假一结束，就要缩小候选学校的范围了。"

班主任手中拿着写有我名字的模拟考试成绩单，每门课程从 A 到 E 分为五个等级，我的评价全部都是 A。

班主任是以"我会上大学"为前提跟我说这些话的。大家都希望尽可能选择偏差值[1]高的大学。把优秀的学生送出去，大概关系到教师工作上的评价吧。

"要是所有学生都能跟你一样，就不用那么费事了。"班主任叹了口气。

离开学校后，我乘坐电车回家了。

我一边沐浴着八月强烈的阳光，一边走在从车站通往公寓的步行道上。街道两旁的树木形成一片阴凉。一对带

---

[1] 相对平均值的偏差数值，表示数值在取样整体中的位置。在日本，是对学生学力和学校的水平顺位的衡量标准。——编者注

着婴儿的夫妇正坐在长椅上休息，看上去相当幸福。我家曾经也有过这种氛围吗？

从我记事起，父母就不断争吵。在我小学高年级时，父母离婚了。现在我和母亲两个人生活在一起。

乘坐公寓的电梯到自家所在的楼层，我打开了玄关处的门。母亲因为工作不在家，所以直到晚上都是我一个人。打开自己房间的空调后，我将被汗水浸湿的校服脱下，换上了干净的便服。

接着，我打开壁橱，取出藏在冬装缝隙中的素描簿。最后一页描绘的是"夏日幽灵"，也就是佐藤绚音。这是前几天，在跟葵和凉初次见面的咖啡厅里画下的印象图。明明是在见到本人前画的，不知为何竟然画得很像。

为了不被母亲发现，我就像遭受宗教镇压的天主教徒把念珠藏在地板下一样，将素描簿藏到了壁橱里。如果素描簿被发现的话，很有可能被扔掉。自从升入高中后，为了让我集中精力学习，母亲将木质画架、油画布、绘画颜料、画笔和几张奖状全都当作垃圾扔掉了，不过母亲至今都不知道我还在偷偷绘画。

在母亲回家前的这段时间里，我可以一边听着音乐一边画素描。感觉如果不定期作画的话，自己所掌握的技巧还有绘画的直觉就会变得迟钝。我用软铅笔芯在画纸上勾勒出一条线，然后描绘出走向机场旧址的三人、向铁丝网延伸的跑道以及佐藤绚音的模样。

那天发生的事，直到如今都令我难以置信，犹如做梦一般。我们三个人真的不是同时做着白日梦吗？但"夏日幽灵"是真实存在的，我们和她进行的对话就是确凿的证据。她名叫佐藤绚音。

那天之后，我试着在网上搜索她的名字，因为我觉得说不定能搜到她的真实身份。结果，还真让我找到了和她有关的资料。

三年前，一名叫作佐藤绚音的二十岁女性下落不明。最初有人目击"夏日幽灵"正是在三年前的夏天。假设她是在那个时候因死亡下落不明的话就说得通了，她不是我们幻想出来的，而是一个真实存在过的人。

不知不觉中，窗外已经暗下来了。当听到母亲回家的声音时，我急忙合上素描簿，收拾好素描用的铅笔。

我和母亲坐在餐厅的餐桌旁吃晚饭，吃的几乎都是买回来的熟食。母亲只有在提前下班的日子才会做饭，我偶尔也会下厨。

"今天去了学校吧，怎么样？"

"没什么，很普通的一天。"

"普通是什么意思？把定义告诉我。"

母亲毕业于理工科大学，在一流的企业里工作，她对模糊不清的言语相当严格。

"就是没有值得一提的趣事。"

我一边看着正在吃饭的母亲，一边想象着自己死后母亲会作何感想。她会哭吗？恐怕会吧。她会不会回想起我还是婴儿时以及上小学前的事？是否会被失落感折磨？我对母亲虽持有某种程度的怨恨，但也有爱。因此，我也怀着歉意。

吃完饭后，我们聊起了上大学的事。母亲取出笔记本电脑，然后打开电子表格。我所有的成绩都记录在电子表格里。

"数学有一道题，你是不是因为粗心大意才没得满分？你好好反省一下吧。"

母亲并没有表扬我，而是将出错的地方一个接一个地指出来。即便表格上列着一排"A"，但在母亲眼中，表扬我似乎就是在纵容我。母亲认为，如果对我的学习能力给予很高评价的话，就会令我自以为是、放松警惕。

我现在虽然扮演着不让母亲生气的优等生角色，但在小学时却经常反抗母亲，每次她都会对我说这样一句话："我是为了你的幸福着想才这样说你的。"

从中确实可以看出家长为孩子着想的立场，也因此让我觉得怀有反抗心的自己是在做坏事，心怀愧疚的我最终被迫按照母亲的意愿行事。

"我替你选了几所符合你学习能力的大学，回头你看看宣传册吧。"

母亲已经弄来了备选大学的资料，那些成捆的宣传册被放在桌子上。如果我是一个没有思维的人偶，应该会这样想：不用动脑子就能随意选择大学，说起来也挺轻松的吧？

"知道了，晚点我就去选。"

我拿起宣传册如此说后，母亲看上去相当满足。我松了一口气，只要保证对话中不出现错误，就不会让母亲一整天都不高兴。和母亲一同生活太费神了。

我并不怨恨母亲。我清楚，为了支撑这个家，直到深夜她都得坐在餐厅的桌子旁工作。为了不让趴在笔记本电脑前睡着的母亲感冒，我为她披上了针织开衫。母亲对我的严格要求其实是出于对我的爱，这些我都理解，只是偶尔会觉得喘不过气。

对母亲而言，把我在美术部时用的绘画用具扔进垃圾桶，或许也是一种为我的人生着想的温柔吧？如果将时间一味地浪费在兴趣上，就没有时间学习真正重要的东西了。因为母亲坚信，一旦高考失利，就会成为落伍者，然后度过悲惨的人生。母亲确信自己这样做是为了我，是正确的，所以才扔掉了我的画笔和其他绘画用具。

在我们家，我和母亲轮流饭后洗碗。今天轮到母亲洗碗，我便去洗澡。双方睡觉前的时间则可以自由支配。我们很难得地一起看了电视。

就寝时间到了，上床入睡时，我想起了父亲。

父亲个子很高，很温柔，我从未见他生过气。或许是因为母亲是个严厉的人，所以相对而言父亲看上去要好一些。父亲精通英语，从事翻译工作。他小时候似乎在美国生活过，英语这项技能应该就是在那个时候掌握的吧？另外，父亲家也在那个时候接受了基督教洗礼，父亲是个基督徒。

虽说如此,但他并不是个虔诚的信徒,吃饭前从未进行过祷告;就算星期天参加集会,也只会捐很少的钱。我不清楚父亲心中有多少信仰,只知道这对他的翻译工作很有帮助。美国人口中大约75%的人都是基督徒,所以理解基督教的教义应该对工作很有帮助吧?

没有宗教信仰的母亲和父亲维持了一段时间的婚姻关系,现在看来这事可谓相当惊人。据说他们是恋爱后才结婚的。日本是个信仰自由的国家,母亲也理解这一点,所以对父亲的信仰从不过问。但是,她反对父亲带我参加星期天的集会,似乎有意不想让我成为基督徒。

父亲信仰宗教,母亲信仰科学。刚结婚的时候,两人都想接受对方,但最后似乎并没有成功。

"你爸爸竟然真的相信神存在,真是太傻了。"

父亲不在家时,母亲就会嘲笑他。

两人离婚后,父亲离开家,堆积在家中的杂物尽数被母亲扔掉了。父亲在周日集会上从熟人那里得到的小型玛利亚像，或是在旅游途中买回来的天使造型的纪念品，父亲在家时布置的色彩鲜艳、种类繁多的物件……如今全都没了。

家里变得缺少风趣而空虚，在这个只能吃饭睡觉、形同箱子的空间里，我和母亲开始了两个人的生活。

我和母亲一样，都是没有宗教信仰的人，从来不相信神的存在。所以很明显，当我内心无愧考虑自杀的时候，心中毫无信仰可言。不仅仅是基督教，几乎全世界所有的宗教都禁止自杀。这些宗教全都告诉我们，自杀者的灵魂在死后会遭遇悲惨的命运。基督教的教义认为，人的生命也是属于神的东西，自杀就是在剥夺神赋予的生命，是对神的反叛。据说，之所以日本人自杀率极高，就是因为没有信仰的人比例过高。

如果我拥有和父亲相同的信仰，那么在想要自杀的时候，心里会产生强烈的罪恶感吗？

生命真的是属于造物主的东西吗？

"如果我没有生下你，你就不可能存在于这个世界上，所以你要好好感谢我。"

每当我反抗的时候,母亲总是会说这句固定台词。

我其实并不记得出生时的事情。不过起码在我死的时候,能够按照自身意愿去死。

在补习班的休息时间,我用手机短信同葵和凉聊天。我们三人建了一个聊天群,就前几天发生的灵异体验聊了一会儿。

"幽灵真的存在啊,越来越觉得恐怖了。"

葵似乎对幽灵的存在越发畏惧了。由于"夏日幽灵"能够与他人交流,因此她才能保持冷静,可一想到身边可能也存在无法沟通的幽灵,不安感便涌上心头。

凉则相反,他显得很轻松。

"我对死亡的恐惧减轻了不少,如今对她只剩下感激之情了。友也,你呢?"

"我倒是没什么。如果非要说的话,我想再和她聊一下,问一下关于死后世界的事情。只不过,她本人看上去也不是很清楚……"

佐藤绚音似乎是以幽灵的状态徘徊在那片区域的,她好像并不清楚其他死者都到哪里去了。假设存在人间与冥界这两个世界的话,那么她是否处于被留在这两个世界夹缝中的状态呢?

讨论完"夏日幽灵"的话题后,我们各自汇报了日常情况。葵在暑假期间一直宅在家里打游戏。凉好像经常去医院,听说他每天都要服用大量药物。

"友也呢?你最近在做什么?"葵发信息问道。

"我每天都去上补习班。因为是考生,所以要学习。"

暑假里,补习班为考生们进行特别授课,学生们从早到晚都要在补习班的教室里面对着习题集。

"这样做有意义吗?"凉发信息问道。

"反正你都打算去死了,准备考试什么的,还有意义吗?"

"确实！"葵表示同意。

"要是我的话，铁定会偷懒的，哪怕是一丁点内容也不会去学习。"

两人的发言有一定道理。如果要自杀的话，那么不论是高考还是备考学习，全都变得没有意义了。

"不要把时间浪费在这种事上，去做自己想做的事吧！"

"凉说的话很有分量嘛。"

但是，在自己决定生命结束的那天以前，我还是想尽可能地过普通的生活。如果一直无所事事，就会被母亲察觉出异样，到时候可就麻烦了。我的方针是继续伪装成优等生欺骗母亲，为自杀做好准备。

自杀网站的公告栏上，正在招募参加集体自杀的成员。没有勇气一个人去死的人聚集在同一个地方，结束自己的人生。但是到目前为止，在我跟葵和凉之间，并没有提到过关于集体自杀的话题，每个人都打算以不同的方式来结束自己的生命。

"你们两个,打算什么时候去死?"我向他们二人问道。

"我打算年底结束生命,我是不会和你们两个撞车的。"

"同一天去死不行吗?"

"错开日子的话,能够参加葬礼,也不错吧?"

"友也,你是那种会认真制定日程表的类型?"

"葵难道不是吗?"

"我会根据当天早晨的天气做决定。毕竟难得死一次,我想在天气晴朗的时候自杀。如果是非常晴朗的日子的话,死的时候应该会舒服些。"

补习班的老师走进教室,正在休息的学生们结束了对话,教室内变得鸦雀无声。

我将手机放回包里。试卷分发下来后,教室里只能听到用笔写字的声音。

离开补习班时天还亮着。母亲联系我说，由于工作的关系，要将近深夜才能回家。我有些犹豫要不要哪里都不去直接回家，可最终还是决定前往机场旧址。

我在建材超市购买了成套的烟花，然后坐上公交车。公交车穿过商业街，窗外的风景变得了无生趣。

我想再跟"夏日幽灵"聊一次。由于我是突然想到此事的，因此没有跟葵还有凉打招呼。"夏日幽灵"是不是原本就会出现好几次？当然，也有可能前几日的出现是仅有一次的奇迹。单纯出于兴趣，我也想验证一下。

在临近县界的公交车站下车后，我独自一人走在还残留着暑气的道路上。一来到山丘上，便能俯瞰到那被铁丝网包围的长方形场地以及那条长长的跑道。那里便是机场旧址。

我从被破坏的铁丝网缺口钻进去，拨开杂草，来到有着裂痕的跑道上，迅速准备好烟花。

上次，她是在点燃仙女棒的时候出现的。难不成其他烟花不管用吗？我试了几个普通的手持烟花，这些是能喷出粉色、绿色、蓝色等绚丽火花的款式。夕阳西下，周围陷入昏暗之中，五颜六色的火花如同要划破黑暗一般发出闪光，然而"夏日幽灵"并没有出现。

接下来换成仙女棒，我用打火机的火苗点燃仙女棒前端，黑色的火药立即燃烧了起来。

由熔化状态的氯化钾、碳酸钾、硫酸钾等成分燃烧形成的"水滴"，在仙女棒的前端凝结成球形。这红色的发光球体，如同可视化的生命一般，在内部生成气体，然后弹射出无数的气泡。此时那些迸发出来的，伴随着光辉的飞屑，才是火花的本体。

飞出的火球所形成的光点的轨迹，在人眼中会变成线条形状的残像。飞屑在空中进一步分裂，最终形成松针般的火花。与其他手持烟花发出的火花不同，那是一种安静且柔和的光辉。

如果截取烟花绽放的瞬间仔细观察的话，这不过是个科学现象，但人类就是从中感受到了美感。火花绽放直至消亡的过程与人生的悲哀重叠，让人为之动容。心中所产生的情绪，或许就是作为人类的证明吧？我时不时地会这样想：真想把那颗感受着美好事物的心，原封不动地画出来。

不一会儿，仙女棒发出"啪啪"的声音，然后喷出猛烈的火花。

虫鸣声渐行渐远，随风摇曳的野草也停了下来。

在我视线的一角，见到了像是人形的东西。

她像从黑暗中浮出来一般站在那里。

话说回来，为什么只有在点燃烟花的时候，"夏日幽灵"才会出现呢？据说烟花有镇定死者灵魂的功效。夏天盛行的烟花大会，据说就是从盂兰盆节的"送神火"这一风俗演变而来的。所谓送神火，是为了让回到尘世的祖先灵魂能够不迷路地返回极乐世界，这才点燃火焰为其照亮道路。貌似全国各地所举办的烟火大会，都是这种风俗的延续。

对存在于此的灵魂而言,在机场旧址点燃烟花,或许有着与用"送神火"照亮道路类似的效果,大概这就跟机场跑道上的指示灯和诱导灯一样,能够成为指引佐藤绚音来到此处的路标?

佐藤绚音在我面前弯下腰,盯着仙女棒看。

"真漂亮,我很喜欢仙女棒。"

我听不到她的脚步声还有衣服摩擦时发出的声音。她明明出现在我眼前,但又给人感觉并没有出现在这里。她的存在是朦胧的,仿佛会在不经意间突然消失。

仙女棒的前端是红色的,从中喷出了一些光粒,它们全都静止不动,如星星般飘浮在空中。

"友也君。"

在黑暗的环境中,橘色的亮光照在她的脸上。仙女棒发出的光芒,是否意味着她与这个世上的物理现象有所关联?还是说,这不过是能看见她的我产生的认知错觉?

"你怎么又来了?"

"我有事想要问你。"

明明事先做好了心理准备,可一旦真的面对幽灵,内心还是会有所动摇,连声音都变得颤抖了起来。

她拢起秀发,露出了雪白的脖子。

"希望不是什么难以回答的问题。"

"我想自杀,先前跟我一起来的那两个人也一样。"

"虽然不清楚是怎么一回事,但我能感受到。"

"是吗?"

"你们三个人的眼睛毫无生气。小葵看上去很开朗,但我能感受到她眼睛深处的阴霾。还有就是,心理健康的人似乎无法看清楚我的样子。他们大多看到的是半透明的,细节部分是看不清楚的,就跟看到野篦坊[1]差不多。你们是首批能清楚地看到我,并能同我交谈的人。一定是你们被死亡的念头纠缠住的缘故吧。"

---

[1] 传说中一种外形和人类无异,但脸上没有眼鼻口的妖怪。——译者注

"我想问一下有经验的人，死亡究竟是怎么一回事。死的时候，真的会很痛苦吗？"

"既害怕又痛苦，所以我并不建议自杀。就算什么都不做，人迟早都会死的。"

"如果能从现在的痛苦中解脱出来，我宁愿去死。"

"为何如此痛苦？"

"我也不是很清楚，为什么自己会不想活下去了。"

佐藤绚音无奈地叹了口气。

"让年轻人变得缺乏朝气的现代社会才是罪魁祸首。"

"是现代社会的缘故，我才会想去死的吗？"

"还能有什么事？这种事情归咎于社会就可以了。"

"你说得对。"

"你对我这个幽灵，有什么期待吗？"

我对她那令人似懂非懂的说话方式感到钦佩。

"绚音小姐无法成佛吗？"

"成佛是怎样的状态？"

"这原本是一个佛教用语,意为'开悟成佛',但现在则是用来形容去往天国或者极乐世界。像绚音小姐这种以幽灵的姿态出现在这片区域,应该是'无法成佛'的状态吧。"

"友也,你明明是个高中生,却很了解这种奇怪的事。佛教用语我不太了解。我说,你觉得天堂真的存在吗?我反正是不相信的,人死之后不就消失了吗?"

"那你对没有消失的人有何看法?"

我由衷地感到意外,她究竟是如何看待自己的存在的?

"绚音小姐,请不要忘了,你可是个幽灵啊。"

她露出淘气的笑容。

"友也,你太认真了。"

"我可是优等生。"

"为了稍微喘口气,于是想变成幽灵吗?"

为了看清楚仙女棒,她一直弯着身体。没过多久,佐藤绚音站直身体，轻轻拍了拍我的肩膀。我本以为身为幽灵的她，手会穿过我的身体，但并没有那样，我确实能感受到被推动的触感。

成为幽灵？就为了喘口气？

就在我感到困惑的时候，视线开始晃动起来。在肩膀被拍打后，我产生了一种踩空楼梯时才会出现的、错位般的飘浮感，眼看着自己要摔向后方，我慌忙站直身体。就在这时候，眼前不知出现了谁的后脑勺。那并不是佐藤绚音的，此刻在场的只有我一个人。弯着腰，手持仙女棒的我出现在了自己眼前，而我正盯着自己的背影。

这恐怖的场景，令我感到害怕。

"这究竟是怎么一回事？"

"友也的灵魂，从容器中出来了。"

她所说的容器，应该是指肉体吧？

"……还能回去吗？"

"等一会儿吧。"

她抓住我的手，那只手很冰冷。佐藤绚音原本有些模糊的存在感，越发变得真切。而我似乎处于灵魂与肉体分离的状态，或许正是这个缘故，她的存在才会变得真切吧？

我身上的重量消失了，脱离了重力的束缚。

"走吧。"

佐藤绚音拉着我的手奔跑起来，我则莫名其妙地跟着她一同奔跑。在跑道上飞奔的双脚脱离了地面，容不得我表示惊讶，便飞到了空中。那具肉体被留在了地面上，我们则翱翔于天际。

就像是被星空吸引一般，我们向上飞去。

我并没有感受到风压[1]。

"你看那里。"

佐藤绚音一直抓着我的手。

1　垂直于气流方向的物体受到的风的压力。——编者注

视线中的机场旧址同我渐行渐远。郊外的住宅区、河床，以及位于远方地平线上的街道的灯光尽收眼底。

我双脚腾空静止在空中，虽然距离地面只有不足百米的高度，但恐惧还是令我一动也不敢动。

"为什么我能飘浮在空中？"

"因为我祈求能够飞行，于是咱们才会朝着灵魂所期待的方向飞去。"

月光下的佐藤绚音拉着我的手在空中翱翔，飞行的速度可以随心控制、不受拘束，似乎可以用无视惯性的速度飞翔。不论怎样飞，都不会感到呼吸困难，也不会出现风吹得眼睛睁不开的情况。不知不觉间，我们已经远离机场旧址的上空，开始朝车站前的商业区飞去。这真的是现实吗？

"要穿过去了。"她开口道。大楼的墙壁直逼眼前，我以为再这样飞下去肯定会撞上大楼，于是做好了被撞的准备。可就在与墙面相撞的瞬间，我们穿过了墙壁，在楼层内继续飞行。我们穿过还有一堆人在工作的办公室,来到大楼的另一边。看来处于幽灵状态的时候,似乎可以穿过所有物体。

"怎么样,友也?"

佐藤绚音一脸得意地看着我。

"简直可以随心所欲地进行商业间谍活动。"

"保险柜里的东西也可以偷看,只不过什么东西都无法拿出来,就算想拿也拿不到。"

幽灵似乎无法干涉生者的世界。

"我能触碰到的,只有像你的灵魂这样有一半死去的东西。由于你的心被死亡缠住了,灵魂才能被我带出来。"

佐藤绚音在车站前的上空静止不动。往来的行人一动不动,全都保持着准备穿过十字路口的姿势。

"接下来你一个人飞吧。"

她在空中放开我的手。

"啊?"

佐藤绚音向后退去，与我保持着一定距离。

由于失去了支撑物，我开始向下掉落。视线在空中转一圈后，我直冲地面摔去，不禁发出惨叫。沿着大楼墙面垂直落下，柏油路面瞬间出现在我的鼻尖前。总算是经历过这种事了——这刹那间发生的事情，跟我在楼顶上想象出的情景很像。假如跳楼自杀的话，会有怎样的视野呢？这回我总算体验了一把。

可即便坠落到地面，也没有停下来的意思，我就这样穿过路面，潜入地下。这种感觉跟跳进游泳池里很像。沉入地下的我，宛如溺水的人一样，四肢挣扎着。虽然可以呼吸，但是在这种状态下，已经没有呼吸的必要了，陷入混乱的我不知如何是好。

地底下的视野如同混浊的泳池内部。虽然明知自己的视线被混凝土还有泥土挡住了，但似乎还是"看"到了有别于视力所及的事物。我隐约能察觉到周围有什么，能够知道存在于地下的人造物、大楼的地基，以及车站的地下通道等东西。不过，距离我太远的东西就感知不到了。

"友也，冷静点。"

当我在地下挣扎的时候听到了佐藤绚音的声音，对方一把抓住我的胳膊，她似乎也跟着我潜入了地下。我以她的手作为支点稳住身体，随后便被她拉出了地面。

"你要做什么啊！"

"我只不过想看一看友也大声说话的样子。你瞧瞧，不是能做到嘛。只要见到冷静的男孩子开始动摇，我就会感到激动。不知道你能否明白我这种心情。"

"我不明白，也难以理解。"

"对不起啦。好了，我来教你怎么飞吧。就原谅我吧。"

我们再次飞到了城市上空。

内心平静下来后，我们牵着手，面对面地飘浮在空中。

"友也，你现在也是幽灵了，所以不会受到重力的约束。你自由了。灵魂会前往你想去的方向，认真想象目的地吧，这样你就不会掉下来了。"

这次,她悄悄松开了手。一瞬间,我因为身体坠落而感到着急,于是拼命想着目的地,然后坠落停止了。

"浮起来了!

"就是这样,就是这样。"

经过一段时间的练习,处于灵魂状态的我已经可以自由地翱翔在城市的上空。确实如她所说,我能够朝心中所想的地方移动。

"灵魂会前往你所期待的方向。那么,再许一次愿吧,你想去往何处?"

佐藤绚音在月光下对我问道。

那座美术馆位于郊外的自然公园内,闭馆时间已过,如今入口处的大门已经紧锁,但与我和佐藤绚音无关。我们穿过旁边有警卫站岗的墙壁,潜入馆内。

没有参观者的通道,灯是关着的。紧急出口的绿色指示灯，以及警报器的红色指示灯在各自的位置上闪烁着亮光。虽然可以飞过去，但我们还是选择了步行。

"走这边按顺序参观。"

"你常来这里吗？"

"小时候父亲常带我来。"

美术馆的工作人员中，有一位和父亲有着相同信仰的熟人，他们的关系相当好。馆内展览着在俄罗斯绘制的耶稣基督圣像画以及在欧洲绘成的《受胎告知》，父亲会在这些画前讲述《圣经》中的故事。

"我还是头一次闭馆后进来，我的梦想就是晚上在空无一人的美术馆里尽情欣赏画作。"

"友也喜欢绘画？"

她一边摆出与展示在楼层中央的女性雕像一样的姿势，一边问道。

"我初中时是美术部的，经常和美术部的朋友们来这里。"

没有照明，这里本应该很昏暗，可如果目不转睛地盯着画作看的话，还是能够看清细节，因为可以通过光以外的信息来感知它的存在。

平时由于有保安在一旁提醒，因此只能在稍近的距离看画。如今却可以像这样穿过画作，将半张脸埋进画里，零距离地观察画作表面的凹凸起伏。

"友也，你看，我变成贵族了！"

美术馆内展示着一幅等身大小的贵族女性油画画作，佐藤绚音像是要钻进画中一样，将身体穿过去，然后从贵族女性脸部的位置露出自己的脸，简直像利用观光地的照相板拍照一样。这令我很是吃惊，没想到穿越物体这种特殊能力会有如此白痴的用途，真是绝了。

我们在夜晚的美术馆里边走边聊，不知不觉来到了父亲喜欢的《受胎告知》前。这是《新约》中记载的一件逸闻，描绘的场景是天使前来拜访玛利亚，告诉她肚子里的孩子将来会引导众生。

55

"话说回来,我挺意外的,友也,你竟然是美术部的。"

"为什么这样说?"

"艺术这门领域,是凭借感觉,或者说是凭借直觉的世界。那些艺术家不都是给人这种感觉吗,感性至上什么的。不过,友也的思维方式很具逻辑性。虽然这不过是我们第二次说话,但你留给我的就是那种理科生的印象。跟绘画比起来,你给人的感觉反倒是那种绘制设计图的。"

"绘画的时候,逻辑思考也是必不可少的。"

"原来是这样吗?"

"并不只是绘画,雕塑、音乐都是如此。单用眼睛看,可能只是艺术品,但近距离观察的话,这里面其实藏着科学。"

"比如说?"

"在决定使用哪种颜料的时候,会有近似色搭配、互补色排列组合以及三相色配色等色彩理论。"

"这些是什么?听上去好无聊。"

"绚音小姐，如果是你，在画黄色的向日葵的时候，背景会用怎样的颜色？"

"为了让黄色更加醒目，应该会用蓝色或是绿色……"

"然而，被日本企业以五十八亿日元拍下的凡·高的《向日葵》，背景色却是黄色。"

"《向日葵》的背景是黄色吗？"

"这门学问可是很深奥的。"

眼前的这幅《受胎告知》油画中，玛利亚的衣服使用的是鲜艳的红色和蓝色。红色衣服搭配着蓝色披风，是玛利亚的象征。这种配色也经常被用在美式漫画的英雄形象上，有种说法称红蓝搭配是源自美国国旗的配色，但这或许只是人们本能地联想到了这种更高层次的含义。

"美术部有一位前辈，对理论什么的毫不在意，却能画出厉害的作品。他遵照自己心中所想，确信那才是绝对正确的，并以此为信仰。"

"友也，你并不是那种美术生啊。"

"可能是因为我对自己没什么信心吧，我是那种拼命学习构图理论，然后灵活运用理论知识的类型。画人的时候，我会用尺子测量双臂的长度与肩膀的宽度的总和，以便与身高保持一致。"

"这些又是什么？"

"就是画人啊，双臂左右张开的时候，从一个指尖到另一个指尖的长度，和身高是一样的。"

我张开双臂伸直指尖，展示给她看。

"这个其实也被称为臂展，是莱昂纳多·达·芬奇在人体图上描绘人体时的基本结构。"

"你作画的时候总是考虑这些吗？这些不都属于解剖学的范畴吗？"

"这些可都是画好画的诀窍。"

"你为什么喜欢上绘画的？"

"因为父母都称赞过我的画，这种事对我而言很难得。"

那是小学时的事,我在课堂上画的作品在比赛中获了奖,父母为此很是开心。他们的脸上洋溢着自豪的神情,那天我们变成了和睦美满的一家,完全没有发生争吵。对于年幼的我而言,这应该算是一件相当值得高兴的事吧?所以我便决定继续绘画。

又在夜晚的美术馆看了一会儿后,我们就离开了。就算走出美术馆,也没有感受到外面的空气还有风的味道,幽灵的状态真是令人索然无味。

我们飞到月亮升起的夜空中,从静止在空中的鸽子身旁穿过,然后降落在耸立于林间的铁塔上。

我们并肩坐在铁塔的横梁上,虽说是坐在了上面,但如果是以这种状态正常坐下去的话,肯定会穿过横梁。于是我默念"坐在横梁上",身体果然固定在了上面。

佐藤绚音看向远处街道的灯光。

"好漂亮的景色,就像星星散落在地上一样。"

"然而时间停止了,本来灯光的数量应该比这些还要多，LED灯和荧光灯都是高速闪烁的，所以应该有一部分灯光是暗的。"

"你为什么不能老老实实地欣赏风景呢？"

我看向她的侧脸，佐藤绚音那失去生气的白色皮肤在夜色中格外显眼。我觉得是时候向她询问一下我心中的那个疑问了。

"绚音小姐，你为什么要自杀？"

佐藤绚音撩了撩头发，叹了口气说道："我并没有自杀。"

"我只是听说，有一个自杀的幽灵。"

"会不会是这个传言传开的时候，某个人觉得这样说会比较有趣，于是杜撰的？"

"我一直以为你是自杀人士的前辈，所以想听一听你有什么推荐的自杀方法。"

"抱歉，我无法给你好的建议。"

"我当时就觉得很奇怪，因为绚音小姐在警察厅的主页上被登记为失踪人口。"

"那是因为,并没有找到我的尸体啊。"她随口说道,语气就跟闲聊一样。

"我,其实是被杀死的。"

四

第二天，我决定在车站前的家庭餐厅跟凉还有葵见面。尽管是突然联系的，二人还是答应了。

最先到的人是葵。

"友也，好久不见。"

"因为一直短信联系，所以也没有感觉隔了很久。"

"今天不用去补习班吗？"

"偶尔也想翘一下课。"

葵点了杯蜜瓜苏打，开始喝起来。

在我们闲聊的过程中凉也到了。见到我们后，他便坐到了葵的身边。凉用帽子当作扇子扇风，看上去很热的样子。外面的暑气相当厉害，太阳照射出的光仿佛刺进了皮肤里。

凉气喘吁吁的，脸色有些苍白，或许是生病的缘故，体力有所下降。我为他从饮品区端来了冰咖啡。

"抱歉把你们喊出来，没给大家带来困扰吧？"

"上午我去了趟医院，人就在外面，所以顺道过来了。"

"身体感觉怎么样了？"葵问凉。

"不是很好，现在靠药物延缓病情。"凉看向我，"友也，你把我们叫过来要说什么呢？"

"有件事要跟你们说。其实，昨天我去了机场旧址。"

把他们喊出来是为了信息共享，我将昨天晚上的经历告诉了二人，在点燃仙女棒时"夏日幽灵"出现的事，以及灵魂可以从肉体中分离并且翱翔于天际的事。由于内容过于不切实际，我生怕他们会认为这些不过是我的幻想。

"在天上飞？骗人的吧？"凉露出怀疑的神情。

"我相信他的话。如果是妖怪的话,肯定是会飞的。那么变成幽灵状态就能飞了。"

葵看上去相当兴奋。

"我很期待死亡,想尽快自杀。"

"自杀……不是的。"

凉一脸错愕。

"在空中飞翔真的很快乐。不过这种事先放到一边,接下来才是正题。绚音小姐并不是自杀的,所以无法提供关于自杀的建议。"

我对他们两个说出了佐藤绚音的死因,同时回想起昨晚发生的事。

那是我们二人离开并肩坐着的铁塔后发生的事。佐藤绚音带着我一同移动,就像穿越星空般飞过千家万户。有一处可以俯视下方街道的宽阔高地,那里是富人们居住的区域。在这片土地的深处,有一栋古色古香的西式宅邸,她降落在了这栋宅子前。

玄关处悬挂着一盏令人联想起老式煤油灯的照明灯,小飞虫被灯光吸引而来。由于时间是静止的,因此那些小飞虫也停在空中。

"这里是……?"

"我曾经居住过的家,现在只剩母亲一个人住在这里。进来吧。"

刚说完这话,她就穿过玄关的大门消失了。我也跟着穿过房门进入屋内,宽敞的客厅里弥漫着宁静的氛围,柱子以及楼梯扶手都是旧式的木质风格。

像是起居室的房间里泻出光线,顺着房门往里望去,一位上了年纪的女性正坐在沙发上看书。这位女性的相貌跟佐藤绚音极为相似,应该就是她的母亲吧?她服装的色调显得相当沉稳。

"她总是在这个时间段读书,从我住在这儿时起,她就是这样。"

她站到母亲身后。她的母亲并没有注意到女儿跟我的存在,视线依旧盯着书上的印刷字体。

房间里装饰着相框,里面放着佐藤绚音生前的照片。根据警方的记录,她目前仍属于失踪状态。也就是说,这位上了年纪的女性还不知道女儿已经去世了?

她将母亲的手跟自己的重叠在一起,这个举动让人感受到了爱意。

"三年前的夜晚,我跟母亲大吵一架。吵架的理由其实并不是那么重要,就是跟母亲商量读完大学后要做什么。我们没有谈妥,我就跑出家门了。"

她离开母亲后,前往另一个房间,我也跟了上去。

"真是蠢啊。即便到现在我也这么觉得。但当时的我,就是被情绪控制,跑了出去。外面下着大雨,因为受到台风的影响,还刮着很大的风。"

她走上楼梯,月光顺着墙壁上的小窗照进屋内。二楼的走廊上挂着印象派的画作。几扇木质门并排出现在走廊一侧,她进入了其中一扇。在没有开门的情况下,我也跟着穿了进去。

看上去,这里应该就是她的房间。家具跟寝具都保留着,恐怕这里还保持着三年前的模样。为了避免落上灰尘,家具被盖上了一层薄薄的白布。她一边打量着自己的房间一边说道:"在那个风雨交加的夜晚,我没有打伞就跑了出去。从小时候起,一遇到这种情况,我就会跑去一个地方,那便是这附近的图书馆,我打算在那里的屋檐下避雨。但是,就在过马路的时候,一道光猛地朝我靠近。"

"光?是汽车吗?"

"没错,是车头灯。那辆车闯了红灯,当光在眼前扩散的时候,我受到了极强的冲击力……不过我并没有因此死掉。我意识到自己倒在马路上,身体无法动弹,处于感受不到疼痛的状态。意识模糊间,我看见车上下来一个人,一个男性身影在向我靠近……"

佐藤绚音说到这里,在身边的桌子旁蹲了下来。就在我看她打算做什么的时候,只见她钻进盖着防尘白布的桌子下面将身体弯曲,以双手抱膝的姿势蹲在桌子下面。

"当我再次醒来时,我就待在这样狭小的空间里,大概是在行李箱里。那应该不是正方形的箱子,而是长途旅行中使用的大型箱子。行李箱的材质还有内部构造什么的,我还是知道的。我被塞在里面,动弹不得。"

"为什么会这样……"

"估计司机误以为我死了吧。为了掩盖事故,他决定把我埋了。"

"埋了?"

"因为我听到了铲土的声音,我在行李箱内侧敲打、求助,然而没用。我使不上力气,只能发出类似呻吟的声音……我侧耳倾听,等待着对方做出点什么反应,但只听到了电车驶过的声音,或许我被埋在铁路附近吧。上方不断传来铲土的声音,我的呼吸变得越发困难,意识也逐渐模糊起来……这便是我人生的最后时刻。"

佐藤绚音站起身，她穿过桌子朝我走来。

"等我回过神来，自己已经飘浮在街道上了。我的尸体也一直没能找到，我之所以知道这点，是因为母亲在等着我回来……"

她露出沮丧的神情。

她是因为想到母亲悲伤的心情，这才跟着难过起来的。她母亲现在应该依旧相信，自己的女儿还活在什么地方吧？

"你被埋在了什么地方？"

"这事我也不清楚。我找过，但是放弃了，就算找到了也改变不了什么。我是幽灵，不能干涉物质层面的事，就算我想将尸体挖出来，手也会穿过去。"

佐藤绚音穿过窗帘紧闭的窗户，我跟了上去。

她站在屋顶上，背后是一片星空。

"我还期盼着人生中的很多事情呢，比如旅行什么的。"

"你不是能旅行吗？而且不用支付交通费。"

"确实。"

她眯着眼笑了。

然而，我从她的眼睛深处，感受到了悲伤以及放弃的念头。

"友也，咱们该回去了。"

当我们返回机场旧址的时候，仙女棒还在火花四射，而我的肉体依旧处于拿着仙女棒的状态，以客观的视角重新看待我这副模样，不免令人感到毛骨悚然。

"上次是因为时限快到了，咱们才分别的。这次能聊这么久，究竟是怎么一回事呢？"

"因为友也处于灵魂的状态。"

肉体与现世是有关联的。我的灵魂，只有进入肉体这个容器中，才能与世间进行接触。反过来讲，肉体或许会成为我与幽灵保持联系的一层障碍。

我试着用手掌触摸面前拿着仙女棒的自己的后背，就在触碰的那个瞬间，我回到了体内，并感受到了身体的重力，险些跪倒在地。我的脑海里产生了沉重的疲惫感，在灵魂状态下我获得了数小时的经验，而这种经验就像在我的大脑中瞬间进行了处理一般，产生了一种超负荷的感觉。

刚才还能见到的佐藤绚音清晰的身影，现在已经变得虚幻、朦胧了起来。那是一种仿佛随时都会消失的稀薄存在。

"今天很开心。友也，谢谢你听我说话。"

就在我打算跟她告别时，"夏日幽灵"的身影在风中消失了。杂草摇曳，虫鸣声再度响起，仙女棒从我手中掉落在地，只剩我一人留在机场旧址的跑道上。

葵和凉一言不发地听着我讲话。

玻璃杯中的冰块已经融化。窗外，可以看见在夏日阳光的照射下发出的耀眼白光。

凉从包中取出大量药品，然后把胶囊、药片等各种类型的药物一股脑儿地用水灌下去。

"凶手还没找到吗？"葵问道。

"是的。不过绚音小姐似乎对寻找凶手并没有什么兴趣，也不知道她是不怨恨对方呢，还是觉得这种事无所谓。她似乎更觉得对不起自己的母亲，或许这便是她心中的遗憾吧。"

"所以她才会化作幽灵留在城市中吗？"凉问道。

有着未了心愿的死者，很有可能变成幽灵继续存在于这个世上。佐藤绚音大概是在后悔和母亲吵架而离家出走的事吧，虽然她并没有坦言此事，但一想到昨晚从她眼底流露出的伤感之情，就不免令人这样想。

"友也，你想做些什么？"

"什么做些什么？"

"你为什么会告诉我们这些事？我们已经知道了，'夏日幽灵'不是自杀的女性。然而，她的死因跟我们并没有任何关系。"

"话虽如此，我还是觉得把信息共享一下比较好。"

"真的只是这样吗？"

我清楚他想表达什么。我稍微犹豫了一下，开口道："说实话，我想听听大家的意见。你们两个是怎么想的？咱们能找到绚音小姐的遗体吗？"

或许是预料到了我的回复，凉并没有反应，反倒是葵大吃一惊。

"寻找……遗体？！"

由于声音过大，附近座位的人全都扭头看向我们，凉轻轻拍了拍她的头。

"傻瓜，别再说了。太显眼了！"

"抱歉，我被吓到了。"

"绚音小姐之所以放弃寻找自己的遗体，是因为就算找到了她也挖不出来，更不能告诉其他人埋尸地点。但是，如果我们能通力合作的话，或许能够将她的遗体送回家。"

凉叹了口气。

"为什么要做这种事？只会徒增麻烦吧。"

"说得没错。我也这样想过，所以才会犹豫不决。"

我们没有义务为佐藤绚音做什么，她对此事也没什么特别的期待吧？

"我时日无多了，想一直玩下去。"

凉站起身，似乎打算离开店里。就在他准备掏出钱包的时候，我阻止了他。

"我来买单。"

凉点了点头，然后朝店门口走去。我和葵望着他离去的背影，直到看不见为止。

"凉是不是在生咱们的气？"

"生气？为什么会生气？"

"咱们两个跟凉不同，只要自己希望的话，不是还能继续活下去吗？可就是这样的我们，却总是想着去死的事……在凉眼里，咱们做的这些事不就很令他恼火吗？"

"如果他真是那种类型的人,应该就不会在自杀网站的论坛上和咱们交流了吧?葵,你怎么看待寻找绚音小姐遗体这件事?"

"我觉得吧,这种事真的能做到吗?不论怎么找,都很难找到吧。"

葵说了些消极的话。

"因为绚音小姐跟你说过这事,所以才很想帮她吧。不过,她从一开始就没有拜托你,也没有说过希望寻找遗体吧?"

"是的,她一句也没提。"

"那么,应该什么事都不用做就行了。对绚音小姐而言,这种行为很有可能是多管闲事,而且这样做未免太残酷了。"

"残酷?"

"如果找到遗体的话,那么绚音小姐的母亲一定会难过的,这样不就证明她已经死了吗?如果一直下落不明的话，那就说明她有可能还活着，她母亲那头就能心存希望。对她母亲而言，就这样放任不管或许反而更好。"

"葵，你是另一派的啊。"

我们的观点存在分歧。究竟是该告诉阿姨残酷的现实，还是该让她幸福地认为女儿终有回来的一天呢？

"友也，你是想寻找遗体吗？"

"一半一半吧。"

"你是从何时产生要寻找遗体的想法的？"

我回想起昨晚发生的事。

佐藤绚音将自己的手放在正在读书的母亲手上。

"我其实也不知道，我并不想获得对方的感谢。"

"原来如此。好，我明白了，就让名侦探葵来告诉你答案吧。"

葵露出像是发现玩具般的表情，说道："友也，你其实是喜欢上了绚音小姐，所以才会想要一个跟对方见面的理由。"

"啊，可能吧。"我很自然地点了点头，葵却露出惊讶的表情。

"欸？你这算承认了吗？"

我并不了解恋爱的感觉，不过，昨晚手牵手飘浮在空中的时候，我是发自内心地开心。对了，我还是头一次跟女孩子在美术馆中漫步。不过昨晚我并没有意识到，或许自己真被她吸引了。

"重新想了一下，或许我只是单纯地想见绚音小姐一面。"

"真没意思，本来还想捉弄你一下的。"

"能听到你们的意见真是太好了。葵，谢谢你。"

"不客气。"

我们也离开了家庭餐厅。阳光灼烧着柏油马路，外面的景色在炎热的空气中微微摇曳。

"太热了，这种天气出门无疑是自杀行为。"

"没错，在自杀前就先热死了，希望别再这样热下去了。"

我们在阳光的照射下，一边眯着眼睛一边挥手道别。

八月下旬，我继续上着补习班，继续为不打算参加的大学入学考试购买参考书。大学入学考试定于次年一月中旬举行，我打算在考试前自杀。

虽然还没有决定具体的时间，但我隐约觉得会在年末左右实施，我并不讨厌圣诞节期间街头巷尾的氛围。我的忌日应该是十二月二十四日到三十一日的某一天，我将此事告知了凉和葵。

凉回复道："知道了。我得看看病情如何，如果还能起床的话，就去参加你的葬礼，我会带着供品过去的。"

葵也回复说："如果到时候我还活着的话，也会去看看友也的睡脸。"

如果说对死亡没有丝毫恐惧，那肯定是骗人的。前些天和佐藤绚音在空中飞翔的时候，在笔直坠落地面的时候我发出了惨叫。我并不想死——这种感情顿时涌上心头。

归根结底，我还是没有做好心理准备，但并不是说我会因此而放弃自杀的念头。

当我在补习班休息时间浏览手机时，看到了女高中生跳入电车轨道自杀的新闻。我本以为是葵突然自杀，于是很仔细地看了这则新闻，但由于事件发生在很远的地区，因此可以断定那不是葵。

还有其他关于自杀的报道：生活困难的单亲母亲在杀害两个年幼的孩子后自己也上吊自杀了；侵吞公司公款的中年男性在留下道歉信后，白天在公园内点燃汽油自焚；镇公所一名二十多岁的女性职员因为受到上司的职场骚扰自杀了，据说她半夜开车到上司家门前，在车内烧炭自杀。

我再次意识到，原来这个世界上有着各式各样的死法。不过单亲母亲杀掉孩子后再自杀的新闻令我很是生气，虽说这是在精神衰弱状态下无法正常思考导致的结果，但是这种做法实在太过自私了。要死就一个人去死啊，不给他人徒添麻烦，这是基本礼仪。

有调查显示，很多想过自杀并且付诸行动的人，都会陷入钻牛角尖的状态。在经历过抑郁症之类的精神障碍后，自己就会被逼到只能去死的境地。那么，我会不会也已经变成这样了？只不过自己没有注意到罢了。不过本人应该很难察觉自己在钻牛角尖，所以没有注意到也是理所当然的。

黄昏已至，我离开补习班后踏上回家的路。在朝车站方向走去的时候，经过了初中时代曾经关照过我的画材店门口。在美术部时，我几乎每天都来这里。经过店门口时，像是美术生的学生们从店里走出，与我擦肩而过。从他们的穿着还有气质就能看出，他们是美术大学的学生。他们有说有笑地朝着与我相反的方向走去。我停下脚步看着他们的背影，总觉得胸口有种刺痛的感觉。

一辆熟悉的车停靠在路边，驾驶侧的车窗打开，我看到了母亲的脸。

"友也。"

"妈。"

"我想着你补习班已经结束,就顺道过来了。上来吧。"

我坐进副驾驶座。在确认我系好安全带后,母亲发动了汽车。母亲总是开车上下班,只要有时间她就会送我去补习班。说实话,对此我真的很感激。

母亲开车相当注意安全。我一边听着电台里面播放的新闻,一边眺望窗外。街角便利店的停车场里聚集着一群高中生。那是由数名男生女生组成的团体,估计是刚从海边或是游乐园回来吧,他们笑得很开心。母亲瞥了他们一眼说道:"这帮孩子一到暑假就游手好闲。友也,你可不要学他们,否则以后是成不了才的。"

他们将来会让父母伤心,难以进入名校,难以找到好工作——母亲对这些深信不疑。为了防止我变得跟他们一样,母亲说出了尖酸刻薄的话。他们只不过是跟朋友一同游玩,真的会做出母亲口中那般十恶不赦的事情来吗?不过，对此我并不想反驳。

我只回答了一句"是啊"。

穿过车站前的商业区，汽车朝郊外驶去。电台新闻报道了海外的边境冲突，自杀式炸弹恐怖袭击似乎夺走了无辜民众的生命，冲突的起因据说是宗教问题。人们为了信仰而杀人，并且坚信这样做是走在正确的道路上。

"学习还顺利吗？数学学到哪儿了？"

"学到了二项式系数，还有抛物线通径图解问题。"

母亲就我在补习班学到的知识进行提问，这里面包含了我知道的部分以及我不知道的部分。发现我有理解不够充分的地方，她就会边开车边发出叹息。

"我在你这个年龄的时候，学得可比你强多了。"

母亲的指责依旧在继续。我的心情相当低落，觉得自己简直是个废物。实际上，我的成绩已经达到平均分之上，完全可以挺胸抬头的。即便清楚这点，那种从小就被灌输的根深蒂固的感觉并没有消失。

"你决定报考哪所大学了吗？"

"嗯。"

我已经在升学就业意向调查书上填写好了学校的名字，第二学期开始后，就必须交给班主任了。实际上应该无法参加考试吧？因为在那之前，我就死了。

"你算是赶上好时候了。"母亲说道，"你知道一个孩子上大学需要多少费用吗？我那时候家里条件很差，自己一边打零工，一边支付学费。你就很轻松了，你用我赚来的钱就能上学。"

汽车行驶在郊外的路上，我的呼吸越发困难起来。被塞进行李箱，然后被泥土掩埋的佐藤绚音，感受到的应该也是这种窒息感吧？

听完母亲的这番话后，我有种想要逃离这个密闭空间的冲动。如果能打开副驾驶座的车门，从行驶中的车上跳下去，那该有多痛快啊！之所以没这样做，是因为理性阻止了我，因为我的内心没有钻牛角尖。

死掉的话应该会轻松不少吧？但我一定会令父亲感到失望。在父亲的信仰中，是不允许自杀的。

杀死自己的人也是杀人犯。

人的生死由神掌握，并非由人来决定。

我的生命也是属于神的，所以我不能杀死自己。自杀是对神的背叛，死后也不得安宁。

然而我并没有宗教信仰，自然也感受不到这些禁忌，我只是对令父亲失望感到愧疚，但我的生命还是属于自己的。

"因为我生下了你，所以我有责任让你走上正确的道路。"

母亲总是试图取得我人生的主动权。决定目的地的人总是母亲，就像升学时报考大学都是由她选择的一样。我反抗的气力早在几年前就已经丧失殆尽了。正因如此，我才会想自杀吧？我要用自己的双手来决定自己的死亡。

或许我只是想去证明，我的人生是属于自己的。

"我是不是没什么活下去的力量啊。"

葵在聊天群里发了条信息。

"即便是大家不怎么在意的小事,也会令我一直感到烦恼。在那种场合随口说出轻率的话,事后我就会感到特别后悔,甚至想去死。"

她或许并不想得到回复,也不想听到对自己有帮助的建议。

"死亡只是一瞬间的事,一旦克服了瞬间的痛苦,就能够沉睡下去。到底选择哪种方法比较好呢?我也调查过使用硫化氢的自杀方式,就是不知道效果如何。"

"如果用硫化氢自杀又没死成的话,留下后遗症可就惨了。"

"以前曾发生过自杀者家人想要救助自杀者,结果反而自己吸入毒气的案例。"

我们讨论起关于自杀方式的事。

"记得葵要先看当日的天气，然后决定是否自杀的吧？"

"如果我早上一觉醒来，拉开窗帘看到一片蔚蓝的天空，那么当天便是我自杀的好日子。所以选择一种既简单又能满足冲动的自杀方法就好了。上吊的话，应该很省事吧？"

"服用安眠药如何？吃下去就行了。"

"必须服用相当多的剂量才能奏效。"

"话说，早上一觉醒来，然后立刻就睡死过去，不觉得奇怪吗？"

"没什么可奇怪的吧？只不过是再睡个回笼觉。"

"只不过这个回笼觉永远不会醒来了。"

在往返于补习班的电车里，以及学习间隙的休息时间里，我和他们相互发送着短信。葵整个暑假一直待在家里。凉说在不用去医院的这段时间里，他要么去参观篮球部学弟们的练习，要么就是跟家人平静相处。

"听说躺在床上也能上吊,这是真的吗?"

"只要将绳子挂在比自己脖子高的位置上,就能做到。似乎不少人都是在医院的病床上上吊自杀的。"

"凉想上吊吗?"

"等到我身体衰弱到再也站不起来的时候再说吧。不过,在那之前我希望能找到其他方式。我讨厌看到自己的身体衰弱下去。"

凉似乎很擅长运动,所以他才会顾虑很多吧?

"既然明知道自己活不了太久,那我不如在病情恶化、感到痛苦前死去。我并不打算跟病魔做斗争,反正也赢不了。总之我放弃了。我要趁着自己还能动的时候,找一个视野绝佳的高地,然后从那里一跃而下。"

距离暑假结束还剩十天的时间。夏天即将结束了。是否还能再见"夏日幽灵"一面呢?传闻说,她似乎只会在夏天出现。可如果到了秋天,在机场旧址点燃仙女棒,佐藤绚音还会不会出现呢?还是说,由于没有人会在夏天以外的季节放烟花,因此才没有出现过目击事件?

夏与秋的分界线在哪里呢?日本通常将六月、七月、八月这三个月称为夏季。气象厅则将最高气温超过二十五摄氏度的日子称为夏日。佐藤绚音如果真的只在夏天出现,是不是就只有在夏日才能跟她相见?

"关于绚音小姐遗体的事,进展如何了?你在找吗?"

"没有,最近补习班很忙。"

也许这个夏天结束就见不到她了,如果我年末再自杀的话,就没机会寻找她的遗体了。她会一直被当作失踪人口,抱着遗憾,永远徘徊在这座城市里。

我开始自问自答起来:我到底想怎么做?

那是八月最后一周的某天,我从补习班回到家的时候,发现原本藏在壁橱里的素描簿被放在了客厅的桌子上。最后一次绘画是在前天晚上。为了不被发现,我应该把素描簿夹在冬衣的夹缝中了才对,可为什么会出现在这里呢?脑子一片混乱的我站在一旁。

"友也,坐吧。"

待在书房的母亲走到客厅,用手掌拍了拍桌子,她无奈的神情像是在看一个不成器的孩子。我感到胃一阵抽搐。

"你怎么还在画画啊!"

我隔着桌子,与母亲面对着面。

"在学习之余,换一换心情。"

"这东西,你为什么要藏起来?"

"怕被发现后扔掉。妈,你擅自翻我房间的壁橱了?"

"这个家的房租是我支付的,你没有理由抱怨我。"

母亲一言不发地翻看着素描簿,房间安静到可以听到钟表指针发出的声响,翻阅纸张的声音变得更加响亮。

"我不是说过,希望你能专心学习,不要再画画了吗?"

"在休息时间绘画能够适当放松自己。"

"我这是在担心你。我可不想你再像初中时那样,又开始画那些无聊的画。"

母亲虽然了解过有关美术部的活动，但也只有这种程度的认知。

"我并不反对你画画，绘画确实有助于陶冶孩子的情操，但在这种事上浪费时间，充其量到小学为止。看到成为初中生后你还在画画，已经让身为母亲的我感到羞愧了，没想到你上了高中还在继续。"

母亲将素描簿放到桌子上，随手打开的那页是我用铅笔勾勒出的佐藤绚音。那是一幅脚尖微微浮在地面上的全身像。我很在意这幅画，因为她所营造出的那种神秘感，被我用铅笔描绘得淋漓尽致。稍微飘浮在空中的她，让人感到似乎有某种超自然的存在降临了。

"我知道了。我不会再画了。"我说出了母亲期待的那句话。

"你大概只是为了把这个问题圆过去，才随便说说的。"

"怎样做才能让你相信呢？"我紧张地等待着母亲的回复。

母亲抓起素描簿递给我。

"撕碎，然后扔掉——把你的画一页一页地撕下来，扔进垃圾桶里。这样做的话，我就相信你。"

我接过素描簿，不知该如何是好。惹怒母亲的话会很麻烦的，所以按她说的把画撕碎之后扔掉才是上策。之后再弄一本素描簿，继续偷偷画画就好了。嘴就是用来撒谎的。虽然口头上说要放弃，可我实际上并没有这个打算。

不过，我对素描簿里面的几幅画真的非常在意。画的是我跟凉和葵面朝机场旧址，以及在夜晚的美术馆还有铁塔上的佐藤绚音。

我犹豫不决。

"怎么了？做不到吗？"

佐藤绚音飘浮在空中的全身像，既没有复印，也没有拍照保存。我将那幅画印在了眼睛里。

很久以前,在跟母亲谈话的过程中,我就曾有过灵魂出窍的感觉,那种感觉像是站在房间的天花板上,俯视着自身的躯体。通过客观审视自己,就可以将情感剥离,扼杀自己的意志吧?当不得不听从母亲的意见时,我就像一个没有灵魂的玩偶。我清楚这是一种被称为"解离"的精神状态。

我用双手抓住绘有画像的素描纸,一用力,那页纸的上端就出现了一道口子,画中的佐藤绚音就这样被撕开了。母亲看上去似乎很满足。我不断扯下那些绘有图画的画纸,将其撕成小块碎片,完事后又将其他纸张也变成了废纸。我亲手将素描簿撕成了碎片。不一会儿,当所有的素描纸变成一堆垃圾时,母亲终于开口了:"非常好的决定。你并没有绘画的才能,应该集中精力去学习,否则就无法成为一个受人尊敬的人。好了,差不多该准备晚饭了。"

面带微笑的母亲开始准备晚饭。

我则用双手将撕碎的画收集起来,扔进垃圾桶。

我如果再小一点的话，估计会哭吧？换作那种个性较真的人，在和母亲争吵过后，会赢得绘画的权利吗？不过，在与母亲长年的生活中，我已经放弃了这种理所应当的母子关系，主张做自己想做的事情是徒劳的。况且我根本没有抵抗的勇气。我之所以伪装成优等生，是因为知道自己是个软弱之人。

解离的状态持续了很长时间。虽然我也经历过这种灵魂出窍的感觉，但这并不像跟佐藤绚音在一起时那样愉快。

深夜，在确认过母亲已经入睡后，我决定从家里逃走。当我无声无息地在玄关穿好鞋子走出公寓时，带着湿气的风正吹动街道上的树木。

走过一条灯火通明的步行道，我不知该何去何从。此时，我吸了一口外面的空气。如今素描簿上的画已经被我亲手撕毁了，可我只能忍耐下去。

一条小河沿着步行道流淌着。我停下脚步，望向水面。

河水在路灯的照射下波光粼粼,我那漆黑的影子倒映在水面上。

如果死掉,就能从这种压抑中解脱出来吗?

心情会变得轻松吗?

我想跟佐藤绚音见面了。我想起变成幽灵,跟她在空中翱翔的那个夜晚。将肉身留在地面的那个夜晚,我自由了。

死后变成幽灵的话,我是不是就不会再品尝压抑的滋味了?如果真是那样的话,我想现在就死掉。

这条小河这样浅,想要投河自杀是不可能的了。再走一会儿就能见到小河汇聚起的巨大河川,到时候找个深一点的地方跳下去就好了。

不过佐藤绚音尽管已经死了,却仍感到后悔,她凝视母亲的眼神中流露出了遗憾之情。如此说来,人死后也得不到安宁吗?难不成只要人的灵魂还在烦恼,即便是死后也无法从压抑中逃离出来吗?

她一定是带着永恒的悔恨，徘徊在街道上的吧？即便在母亲死后，她的灵魂也不会得到解脱吧？

死亡随时都可以实施，不一定要等到年末。但在此之前，是不是应该跟佐藤绚音聊一聊呢？我出神地走在路上，脑海里想着此事。

她是如何看待自己遗体的呢？自己的身体被装进行李箱里，就这样埋入地下，如今恐怕早已腐烂了吧。就这样放任不管？还是说她其实希望被人发现？

如果佐藤绚音希望有人发现的话，我可以去帮她，做完这些再死也可以。如果她的悔恨能够就此消散的话，我真的很想打开装有她身体的行李箱，让她能够呼吸外面的空气。

五

　　暑假还剩五天时间。从补习班回家的路上，我决定顺道去那边一趟。

　　买好仙女棒后，我换乘了电车与公交车来到机场旧址。抵达的时候已是日落时分，天空失去光亮，变成了一片深蓝色，闪耀着夏日星座的光辉。

　　在飞机跑道的正中央，我用打火机点燃了仙女棒，燃烧生成的"水滴"开始火花四射。

　　夜晚的黑暗，会让人本能地联想起死亡。在仙女棒绽放出的转瞬即逝的光芒里，或许重叠着我们生命的气息，所以才会令人觉得烟花很美吧。

霎时间，火花变得猛烈起来。随后，虫鸣声安静了下来，时间仿佛被延长了一般——她来了。就在我预感到这一点的时候，她对我说："友也，你又来了。"

不晓得她是何时出现在那里的。她就站在我面前，仿佛一开始就待在那里。

我放开仙女棒，在时间静止的世界里，仙女棒被固定在了空中。

"你还是一脸想死的表情啊。"她有些吃惊地看着我。

"绚音小姐看起来挺精神的。"

"你是怎么想的，会对一个死者说'挺精神的'？"

"只是单纯的问候，请不要介意。"

她的身体有若幻影，仿佛只要微风轻轻吹过便会消失，就像海市蜃楼一般。她分明就在眼前，可事实并非如此，她似乎身处某个遥远的地方。

"你今天为什么来这儿？"

"我想到一件事，于是跑过来跟你提议。"

"提议？"

"绚音小姐，你有没有听过沉睡谷传说？"

"那个无头骑士的故事？"

"没错。"

那是流传于美国的传说。一个被称为沉睡谷的地方有一片森林，据说那里有一个被人砍了头的无头骑士幽灵。它会骑着自己心爱的马，徘徊在葱郁的黑暗森林里。

"我曾看过一部以这个传说为题材拍摄的电影。"

"那部电影的设定不是无头骑士寻找自己丢失的头嘛。"

"那又如何？"

"我在想，绚音小姐你是否也是这样呢。你就像无头骑士那样，为了寻找自己丢失的头颅，在森林里徘徊……"

"我为了寻找身体，在这座城市里徘徊？"

"难道不是吗？"

"一开始或许是这样的。不过上次也说过了，我如今已经放弃了。即便找到了身体，我也什么都不能做。"

"是我的话就可以做到,毕竟我现在只是一只脚迈向死亡的状态。"

她之所以会以"夏日幽灵"的姿态出现,或许就是期待着什么人能来帮自己寻找身体吧。有没有可能,她其实就是在寻找能够听到自己声音并且能够相互沟通的人出现呢?

"具体来说,就像先前那样,我先将灵魂脱离身体,然后潜入地下进行搜索。如果发现装有遗体的行李箱的话,就返回肉身,将发现的地点通知给警方,或者我可以亲自过去进行挖掘。"

"友也要帮我吗?"

"如果不会给绚音小姐添麻烦的话。"

"不会添麻烦的。我反而要谢谢你。"

我松了一口气。因为葵和凉曾提醒过我此事,在没人拜托的情况下贸然前去寻找遗体,也许会被认为是在多管闲事。

"不过，你为何要这样做？这种事对友也你没什么好处吧？"

"消磨一下死前的时间罢了。人生就是如此。"

"区区一个高中生，太狂妄了吧。"

佐藤绚音说道，表情变得有些认真起来，然后冲我伸出右手。她的手臂犹如印象派画家描绘出来的一样，轮廓几乎要融化在背景之中。

"那就拜托了，友也。那从什么时候开始呢？"

"就从今天开始吧，在夏天结束之前找到。"

我握住了她的手，在接触到的那个瞬间，有种视角产生错位的感觉，似乎灵魂与肉体分离了。

佐藤绚音拉住我的手。此时她拉住的，是我灵魂的手。灵魂出窍的我，就这样被她拉着飘浮在空中。

在飞向夜空的过程中，佐藤绚音满心欢喜地看着我。鼓足勇气提出建议真是太好了。

肉体被留在地上，灵魂则在空中游荡。穿过郊外的荒地后，便能见到住宅区，路灯和窗户投射出来的光亮遍布地面。

装有她遗体的行李箱，究竟埋在哪里呢？我在思考能否缩小搜索范围。

轨道穿过住宅区，不断延伸。数条铁路公司的线路都会途经此地这片区域。我们飘浮在上空，俯瞰着这些铁路。

"绚音小姐被掩埋的时候，听到了电车的声音，对吧？"

"嗯。虽然隔着行李箱，但我听得一清二楚。"

"是怎样的声音？发动机的声音有什么特征吗？"

"我只能说，是普通的电车声。如果我喜欢铁路的话，或许仅凭声音就能知道是哪家铁路公司，可惜我只知道那是电车经过时发出的声响。"

"那你听到铁道口发出的声音了吗？"

"这么一说的话，大概没有听到。"

这样一来，就可以将铁道口附近排除在搜索范围外了。

"声音持续了多少秒?"

"虽然记得不是很清楚,不过应该持续了五秒以上,可能有近十秒钟。"

"是那种速度很快的声音吗?"

"没错。印象里不像是到站前减速的声音,而是那种'哐'的一下冲过去的声音。"

似乎不是在车站周边,还是寻找电车加速通过的地方吧。通过持续十秒的声音可以推测,电车并非由两三节车厢组成的,而是那种相当长的类型。

"应该是被埋在铁路旁边某片闲置的土地里了吧。"

"或者,将我撞死的那个司机家就在铁路附近,而我就被埋在他家周围。其实在此之前,我也曾用自己的力量寻找过——胡乱潜入铁路附近的地面或是铁路旁的独栋住宅后院进行搜索,可由于目标过多,于是就放弃了。"

毕竟铁路遍布日本全国各地,如果将所有铁路附近的地下都视作搜索范围的话,确实有些不着边际。不过实际上，范围应该可以缩得更小。

她是在离家不远处被车撞到的，随后在昏迷间被汽车运到了某处，她也不记得自己昏迷了多久。不过由此可知，她被掩埋的地点范围发生了变化。

"你知道自己被撞后大约昏迷了多长时间吗？"

比方说，如果绚音小姐只昏迷了十分钟便从行李箱中苏醒过来的话，那么她被掩埋的地方就在距离事故现场不到十分钟的车程内。

"抱歉，我不知道。"

"血凝固了吗？"

"我不记得了。"

"那么，你还记得是几点离家出走的吗？"

"我记得是晚上九点半左右。我跟母亲吵架了。我真的好傻……"

佐藤绚音低下头。如果不是因为吵架，她现在应该还活着。我感受到了她的悔恨之情。

"你是离家后多久被车撞到的？"

"十五分钟之后吧。"

她被车撞到的时间是晚上九点四十五分前后。如此一来，就不可能昏迷几个小时。这片区域的末班车是午夜十二点。如果她在行李箱里面能够听到电车声音的话，有极大可能是在末班车之前的时间段里。还有，那个司机还得从某个地方找一个行李箱，将佐藤绚音塞进去。去掉这些时间，从事故现场开车能够移动的范围，最多不超过两个小时车程。

不过，她也有可能昏迷了一晚上。这种情况下，她听到的就有可能是第二天电车始发后的声音，这样一来搜索范围就扩大了……希望并非如此。从凶手的心理出发，此人应该想趁着夜深将行李箱埋起来，所以应该不会是在天亮的时间段内。

从佐藤绚音口中得知事故现场的地点后，我脑海中浮现出了附近的地图，这种时候不能用手机地图倒是有点麻烦。我打算以事故现场为中心向四周展开，然后选出几条符合搜索条件的铁路路线作为可能的地点。

从事故现场开车两个小时就能抵达，附近没有铁道口，是电车能快速通过的地方。而且不是短编组电车，是由有一定数量的车厢连接在一起的电车能够行驶的路线。这些条件虽然在一定程度上缩小了搜索范围，可即便如此，需要搜索的地方还是有很多，这样一来只能对地下进行彻底调查了。

我们在夜空中移动，从佐藤绚音家附近开始搜索。我们降落到铁路上，然后把身体顺着铺满碎石子的地面向下沉入。由于不存在物理上的阻力，灵魂潜入地下比人潜入水中还容易。

"我想，应该是被埋在不太深的地方。"

"没错，如果是用铲子挖的话，一米左右吧。"

我试着向她确认，似乎当时并没有听到使用大型机械铲土的声音，因此没有必要潜入地底深处，只需要重点搜索跟市民游泳池差不多深度的地方就行了。

虽然地下的能见度并非为零,但看着也不是很清楚。附近的房屋地基和管道之类的东西还能看出来,可远处的东西就因太过模糊而无法辨认了,视野简直跟在混浊的水中游泳时一样。

我们在地下搜索了两个多小时,在铁路旁的荒地、农田、没有建筑的地面、独栋住宅的院子里寻找着行李箱。在地底穿梭的过程中,我误入了公寓楼的地下停车场以及带有地下室的住房。我返回地面确认好铁路位置,再度与佐藤绚音会合,交换信息后继续搜索,然而我们始终没有找到那个行李箱在哪里。

不过,无论跑了多久都没有感到疲惫,在此期间佐藤绚音还提议道:"差不多该结束了。"

"还能再找一找。"

"我们能够对话的时间很快就要结束了,友也,你必须回到身体里。"

"如果不回去的话会怎样？"

我想象着如果一直处于灵魂的状态，可能会因为回不到身体中而死掉，这样的话也挺好的。要说这样有何不妥的话，那就是即便我们成功找到行李箱所在的位置，也无法将此事传达给任何一个生者了。

"我倒是认为不会发生什么。不知为何，就是这么觉得，就像我可以通过直觉知道，只要触碰你，就可以将你的灵魂从肉体中剥离出来。我想，时间一旦到了，友也你就会从留在机场旧址的肉体中醒过来。"

"要不试一试？"

有可能最终结果是死。

我和佐藤绚音飘浮在铁路上空，通过聊天打发无聊的时间。

"要想在夏天结束前找到绚音小姐的遗体，那可就不能太过悠闲了。从今天起，每个晚上都要进行搜查。"

人们对夏与秋的分界到底该定在何时似乎还没有定论，

不过估计时日无多了。顺便说一下,"夏日幽灵"只在夏天出现应该是真的,她好像也清楚这一点。

"到了秋天就见不到面了。来年夏天以前,我都不会再出现了。"

"这是为什么?"

"或许是盂兰盆节在夏天的缘故?"

"绚音小姐是佛教徒吗?"

盂兰盆节是日本自古以来的祖先崇拜与佛教相互融合形成的节日。

"不是。不过一提到夏天,不就会想到经常有幽灵出没吗?电视里播放的那种怪谈节目之类的。我很害怕幽灵那些东西,绝对不敢看……"

"啊?"

"嗯?"

"没什么。夏天的那些怪谈,好像是跟盂兰盆节有关系。"

根据某位民俗学家所讲,在盂兰盆节期间,农村似乎会表演一种以镇魂为主题的,被称为"盆狂言"的传统戏剧。伴随着这种潮流的发展,在歌舞伎的世界里,诸如《东海道四谷怪谈》之类有幽灵登场的,被称为"降温戏剧"的曲目便开始在夏天上演。因此,夏天讲怪谈故事的印象就这样被固定了下来。

"绚音小姐如果是墨西哥人的话,或许会在秋天出现。"

"为什么?"

"因为亡灵节是在秋末啊。"

据说,这是一种能够使亡灵回归的风俗。每到这个时期,墨西哥人就会在身上画上骷髅的彩绘,然后上街游行。

与之类似的风俗还有起源于欧美文化的万圣节,万圣节与亡灵节几乎在同一时间。我曾听闻,欧美国家只要到了秋末时节,谈论幽灵或是怪物的话题就会增加。

"友也，你不过是个高中生，竟然懂得这么多啊。"

绚音佩服地说道。

随后我的眼前一片黑暗。

感受到重力的我跪倒在地。我又回到了放置在机场旧址的肉身当中。迎面吹来的风里，包含着夏季夜晚的湿气，跑道旁的杂草摇摇晃晃，不时传来嘈杂的声响。

燃烧殆尽的仙女棒掉落在我眼前，空气中还残留着火药的味道，佐藤绚音的身影已经消失了。

处于幽灵状态的我，应该是飞到了距离机场旧址相当遥远的地方。在时间到了的瞬间，灵魂便会回到肉身里。难不成肉体与灵魂有着如此紧密的联系吗？话虽如此，谈论现实世界的地理距离或许本就没什么意义。

如果连续点燃仙女棒的话，或许今晚就能跟她邂逅数次，然后便可以随意搜索行李箱了吧。不过，灵魂回到身体后，大脑会感到异常疲惫，这就好比大脑以超高速进行了令人目不暇接的思考风暴后所呈现的状态。如此说来，我记得上一次也是这种情况。难道是这几个小时灵魂体验的记忆一下子被刻进了大脑的缘故？

"我明天还会再来的。"

我对着空无一人的跑道说道，坚信她能听到这句话。穿过生锈铁丝网破损的地方，我踏上了回家的路。

第二天晚上，我再次来到机场旧址。

就在仙女棒燃烧变强烈的那个瞬间，虫鸣声渐渐远去，吹来的风也停了下来。

"夏日幽灵"慢慢出现在高大的杂草间隙。

佐藤绚音在月光下依次打量起我们，然后说道："今天人还挺齐的。晚上好，葵，还有凉。"

蹲在跑道上盯着仙女棒看的葵，此时站了起来，脸上露出微笑："好久不见。"

凉抽出插在口袋里的手，微微点头示意。

"友也联系我们过来帮忙。"

"相比两个人，四个人一起去找的话，成功率可能会高些。"

虽然已经缩小了范围，但还是得在地下摸索，搜索的人自然多一些比较好。于是我在昨天晚上，给葵和凉发了信息。我对他们说："佐藤绚音在寻找自己的遗体，如果可以的话，希望能得到你们的帮助。"

之前在家庭餐厅谈话时，二人对搜索遗体的事表现得不太积极，我本以为他们或许会拒绝。然而他们表示，既然佐藤绚音本人希望这样的话，他们也会加入进来。

"谢谢。可我对你们却无以为报。"

佐藤绚音露出满脸歉意。

"别在意。我已经很感激你了。"

"我做过什么让凉感激的事吗？"

"你让我知道了死亡或许并不意味着消失。"

"我也是。能够跟绚音小姐说话真是太好了，所以我也想帮你做点什么，反正我待在家里不是打游戏就是睡觉。这或许是我最后的一个夏天了，干脆做些值得回忆的事吧。"

"葵只是不想被孤立吧？"

"才不是。你干吗要说出这种欺负人的话？"

"开玩笑啦，开玩笑。"

我们迅速开始了搜索行李箱的任务。首先，佐藤绚音将我们的灵魂从各自的身体里抽出来。这种事我早已习惯，不过凉和葵还有些不知所措。

"哇哇哇哇……！"

头朝下的葵手脚乱动。她试图把脚立在地面上，可脚尖会穿过地面，令她难以保持姿势。

"葵，冷静点。立刻让内心平静下来，要用心站起来。"

佐藤绚音一边搀扶着葵的身体一边进行说明。处于幽灵状态下，佐藤绚音身影的那股朦胧感就会消失，我们可以接触彼此。葵抱住她的胳膊，调整好姿势。

"绚音小姐,我有些害怕飞行。"

葵发出快要哭出来似的声音。

另一边,凉只在一开始难以控制好姿势,随后似乎很快便掌握了窍门,能够自由自在地在空中移动。

"好厉害。这样一来扣篮就简单多了。"

他在我头顶上方旋转着,在做出扣篮姿势后,利落地落在地上。

我们一行四人在夜空中飞翔,前往想要搜查行李箱的地方。我们穿过河川,俯瞰着城市的灯光,朝铁路线飞去。由于葵飞得摇摇晃晃的,佐藤绚音一直拉着她,似乎只要稍不留意,就会急速下落。尽管如此,我们仍然被从空中俯瞰到的美景所感动。

"今晚就在这附近搜索吧。"

我说完这句话,就降落在一个距离住宅区稍远的地方。铁路两侧只能看到贮木场和一片杂木林。

"这个地方很适合掩埋行李箱,周围没有人家,所以不用担心被人发现。"

凉环视着四周说道,然后立刻沉入地底。他穿过铁轨、枕木以及铺在下方的碎石子,身体随之消失了。

"葵,拉住我的手一起下去吧。"

"麻烦你了。"

葵和佐藤绚音也一同沉到地下。

"如果发现了类似的东西,就放声说出来。"

即便在没有空气的地下,我们的声音也能毫不费力地传达给对方。幽灵状态下发出的声音,应该不是由空气振动产生的吧。

我一边穿梭于地下一米深的地方,一边寻找行李箱,但找到的尽是被埋在地里的瓦砾以及被非法丢弃的大型垃圾。我找到一个能够将人装进去的四边形箱子,然而凑近一看才发现,原来是个小型冰箱。顺带一提,我们的视线可以透过泥土看到周围的东西,只要有意识地看,被埋在地下的物体就会变成半透明状,类似于眼睛聚焦。因此即便不打开冰箱门，我也能隐约看到内部的状态——里面是空的。

我跟凉在中途会合并商量了一下。

"在同一片区域寻找并不是上策，我要沿着铁路向东看看。"

"那我就去西侧吧。对了，路旁还有能停车的空地附近最好也仔细调查一下，埋葬绚音小姐的凶手大概率是开车搬运的。"

"OK。"

我们花了一个多小时的时间在周边进行搜索，但毫无成效。

接下来，我们在另一条通往住宅区的铁路附近再次进行搜索。有人居住过的地方，地下相当"热闹"，掩埋着各种管道、电缆以及建筑物的地基。我凝视着如丛林般错综复杂的地下，搜索是否有行李箱被埋在这里。

过了一会儿，佐藤绚音提议道："稍微休息一下吧。"

她用手指向正在轨道上行驶的电车。车窗如念珠般排列在一起，在夜色中发出光芒。我们穿过电车的外壁进入车厢。车厢里几乎没有乘客，我们并排坐到空位上。由于身体会穿过物质，所有人都用屁股紧贴着座位，处于悬浮的状态。尽管如此——或许出于心理原因——摆出坐下来的姿势后，我们便感觉自己正在休息，灵魂得以放松。

"好难找到啊。"

"这才第二天，不可能这么轻松就找到的。"

电车的座椅是平行于车厢的，坐下来，正好能看到对面一侧车窗的玻璃。如果换作平时，我们的身影应该能映在上面，但现在玻璃上反射出的只有无人的座椅，并没有我们的身影。我这才意识到自己还处于幽灵状态。

"绚音小姐，你不怨恨凶手吗？"

葵问道。

"如果我变成幽灵的话，就会每天晚上站在那些欺负我的家伙枕边，让他们变得神经衰弱——像是这样的怨恨，你难道没有吗?"

佐藤绚音有怨恨凶手的权利。如果被车撞倒后能及时送医的话,或许还有救。

"并没有完全原谅那个人。不过,或许我也变了吧,对这件事已经不在乎了。隐瞒交通事故,没有向警方自首,这些确实应该受到制裁……但比起怨恨那个司机,我现在更后悔跟母亲吵架。"

"绚音小姐真是一位很得体的人。我就打算把欺负过自己的人的名字还有罪行都写进遗书里,等我死后,要是他们能感到后悔和害怕就好了。"

凉在一旁插嘴道:"你那样做没用。那些欺负过你的家伙可不会为了这点小事感到后悔,他们只会在葬礼上笑着用手机拍摄你的遗容。"

"那么,要怎样做才能让他们受到精神上的打击呢?"

"这个嘛……还得你自己去想。"

休息结束后,我们本想再次寻找行李箱,可时间很快就到了，眼前突然一片黑暗，下一个瞬间，我们便回到了留在机场旧址的肉体里。

受到突然恢复的重力影响，葵一屁股坐到了地上。凉环顾四周，确认佐藤绚音已经不在了，然后我们分别按住自己的头部，大脑感受到了疲惫。

"今天就先回去吧。"

我对他们二人说道，然后离开了机场旧址。

第二天以及第三天，我们继续搜索着遗体。我白天在补习班上课，傍晚就去车站与葵和凉会合，我们带着仙女棒乘坐公交车前往机场旧址。

我给母亲发了条短信，说会晚点回家。我以在补习班学习为借口，因为有很多学生都会在补习班学习到深夜，所以这么说并没有特别值得怀疑的地方。加上母亲的工作很忙，可能也顾不上我吧？

自从素描簿一事发生后，我就再也没有画过画。如果想画的话，我其实可以偷偷在笔记本上作画。要是不想被母亲发现自己的画作，大可利用寄存柜什么的，把东西藏在外面。可我不想这样做，或许是因为心灰意冷了吧——亲手撕毁了自己的作品。难不成就是这件事的发生，摧毁了我心中最为重要的东西？如果在那个时候，我能够直面母亲、拼死守护画作的话，现在还会有想要绘画的心情吗？但当时我只顾自保，或许正是我对绘画的这种背叛行为导致自我厌恶，才使心中的创作欲望溜走了吧？

或许母亲所盼望的正是我不再画画，就这样结束人生。为了达到这种效果，就要让我亲手撕毁自己的作品吗？

葵曾说过关于怨恨的事。她怨恨那些欺负过自己的家伙，似乎想通过自杀的方式给他们带来精神上的伤害。

对我而言，要是让我选择怨恨对象的话，应该就是母亲了，但我对母亲并没有要在遗书中写下怨恨那种程度的深刻感情。我现在也并不打算写什么遗书。大人们也不会苦恼我自杀的理由，最终只会把问题归结于学习导致的神经衰弱或是考试压力过大之类的事情上。

其实我只是失去了活下去的欲望，处在一种即便就这样活下去也无济于事、令人无可奈何的氛围中。我是一个连想做的事都做不成的胆小鬼，是顺从母亲的人偶，是一个只知道扮演优等生的空虚之人，这就是我。不过，至少我还能选择自己的死亡——如果真能这样做的话，就能硬说我的人生是属于自己的了，所以我得去死。

与葵和凉所面临的问题相比，我自杀的理由实在太低级、太丢人了。活着太累了——一言以蔽之，不过是这种程度的事情罢了。

为何这个世界上有那么多未曾想过自杀，而是选择活下去的人呢？是因为幸福，还是因为有未来的梦想？拥有生活目标的人是坚强的，心中怀有信仰的人是不会因此而动摇的。据说宗教信仰人口多的国家，自杀率往往很低。这是因为教义禁止自杀，还是说，心中有坚定信仰的人本身就很坚强呢？

在寻找行李箱的时候，凉说道："现在回过头来看，可能会这样想吧：我活在这个世上不过短短一瞬间，人生有如泡沫，对社会没有产生任何影响就要消失了。之所以会帮'夏日幽灵'寻找尸体，或许就是因为想完成一件事后再去死。这样做或许是因为，我直到现在还对中途放弃篮球这件事耿耿于怀吧。大家能拥有美好的未来，真令人羡慕啊！我可以感受到，自己对那些能活很久的家伙的忌妒，正在心中不断地膨胀。"

我们飘浮在能够俯瞰轨道交叉口的地方。

"如果什么都没有留下就死掉的话，为何还要出生呢？我的人生究竟有什么意义呢？"

面对凉的发问，我没有答案，所以只能默默倾听。要是我轻率且像煞有介事地回答，他一定会轻视我的。

在之前缩小的搜索范围中，我们已经调查完了八成以上的地方，但仍然没有找到那个行李箱。难道我们在什么地方出现了疏漏？处于幽灵状态的我们确实可以在地下高速移动，所以不排除明明遇到了埋在地下的行李箱却没有注意就飞走了的可能性。

"抱歉。如果我能飞得再好一些，或许就能更有效率地进行调查了。"

葵抱歉地说道。她还是不能很好地飞行，依旧拉着佐藤绚音的手一同搜索。

"葵的灵魂可以朝你想去的地方前进，你想去往哪个地方呢？可以好好想一想，你可以自由地去任何一个地方。"有时候，佐藤绚音会对葵这样说，然后放开她的手。可是葵只能在空中来回打转，好不容易向前飞行了，可下一秒便急速从一个方向飞向另一个方向。

"看来我的灵魂不太擅长决定目的地，或许是没有自信吧，缩手缩脚，无法前进。就算想得再多，到头来还是像逃跑一样朝错误方向飞去。"

听说葵因为在学校受到霸凌，将自己封闭在家中，拒绝回到学校。难不成是这一经历影响的？

"这算不了什么，牵着我的手飞就好了。我负责看着正面，葵只需要仔细查看反方向就行了，重要的是能一同寻找我的身体。视野能够翻倍的话，发现行李箱的概率就能提高。"

佐藤绚音鼓励着葵。

就像潜水一样，我们的身体潜入铁道旁的地下，一边穿过埋有建筑材料的丛林，一边寻找着行李箱。

在休息的时候，佐藤绚音反复询问了好几遍相同的问题：

"为什么要帮我寻找遗体？"

起初我是为了她，想将行李箱从地底下挖出来，解放她的遗体，让她能够自由地呼吸。可是现在，连我自己都不知道为什么了。

或许我们都试图接触死亡吧，可能是想通过亲眼见证的方式，为自己的死做好心理准备。打开行李箱出现的那具遗体，不仅是佐藤绚音的肉身，同时也是终有一天会降临到我们身上的死亡。

我们四人飞翔在夜空之中。

街灯照满了大地。

有多少盏被点亮的灯，就有多少生活在此地的人们。

一想到这里，就让人感到震撼。

还有，夏天最后一个夜晚，也终于来临了。

即便八月过去，夏天也不会结束。如果没有找到行李箱的话，那就直到秋天都继续寻找好了。虽然脑子里这样想，但高中第二学期就要开始了，这也是个很重要的现实。听说，到了九月，葵依旧拒绝上学。

"其实，我也有想穿着校服去上学的念头。可一接近学校，我就会吐，然后蹲在路边，一步都不想动了。"

葵的父母似乎也不想强迫她。

"父母基本上不会关心我,可能因为我是爸爸带来的孩子吧。他们是再婚的,我和妈妈没有血缘关系。"

那天晚上,我们决定在县界铁路旁的地下进行搜索。铁路沿着住宅区外侧不断延伸,两条铁轨反射着月光。

我们飞过地表,从载着上班族回家的电车旁边穿过,然后直接沉入地下。

最开始的一个小时,我们毫无收获。

于是我们变更了地点,继续搜索。

"找到了吗?"

与我在地下擦肩而过的凉问道。

"没有。"

"如果这里也没有的话,该去哪里寻找呢?"

"或许应该重新考虑搜索范围了。还是说,考虑有可能疏忽的地方,再一次在相同的地方搜索?"

就在这时,我们听到了佐藤绚音的声音。

"友也、凉,你们在哪儿?"

声音是从头顶上方传来的。我和凉四目相对,浮上地面。

佐藤绚音一个人飘浮在铁轨上,原本应该与她牵着手的葵不见了踪影。

"怎么了?"

"葵不见了。"

她困惑地说道。

"葵在练习一个人飞行。她松开我的手,我们一边并肩飞行,一边在地下进行搜索。起初她飞得还算平稳,可就在我一错神的工夫,她就飞去了其他地方……"

没有人能预测出无法自如飞行的葵会去哪儿。由于她以无视惯性的大角度飞行,因此很难跟上她。

"不管也没关系吧。"

"时间一到,她就会回到留在机场旧址的肉身里。"

凉同意我说的话。

"真是一帮薄情寡义的人啊。"

佐藤绚音抱着胳膊说道。

"葵朝哪个方向飞走了？"

"那边。"

是铁路延伸的方向。

"那咱们一边在地下搜索，一边朝那边走吧。"

处于幽灵状态时，如果想飞的话，是不是可以飞到任何地方？如果能飞到比天空还要高的地方，那么穿过平流层离开地球，应该也并非不可能做到。那么我们是不是还可以潜入地下深处，前往人类尚未抵达的深渊？不过不可思议的是，我并不想尝试这种事。我很奇妙地笃信着，灵魂只能在人类生活的范围内活动，或许这就是作为幽灵的自觉吧？就像不能随心所欲地去旅行一样。

就在我心不在焉地想着这些的时候，远处出现了一个看上去像是葵的人影。

"喂！"

她正摇摇晃晃地独自飞行着。

"大家!快过来!行李箱可能找到了!"

她一边冲我们挥手,一边大喊道。

葵跟我们会合后,说自己找到行李箱纯属偶然。刚才跟佐藤绚音一同飞行时,在松懈的瞬间自己失去了平衡。她本想试着重新站起来,却突然改变了方向,转着圈地飞到了意想不到的方向。

"拜托了,停下来!"她在心里默念着。然而她非但没有停下来,反倒如同出故障的火箭一样在地上胡乱穿梭,反复出入地面。

"我就像抓着一匹失控的马,真的有一种要死的感觉。"

高挂在城市上空的她如流星般高速划过夜空。听说在穿过数栋公寓和住宅楼后,葵才回到地面。

她穿过了正在餐桌前吃晚饭的陌生人家的厨房,穿过了一边喝茶一边看电视的老夫妇家的客厅,穿过了一家店员正在摆放货物的便利店。

等葵好不容易停下来,控制好身体的时候,她已经飞到了铁塔附近。由于讨厌天旋地转的感觉,葵闭上了眼睛,然后她想起了佐藤绚音说过的话。

"葵的灵魂可以朝你想去的地方前进。你想去往哪个地方呢?"

等回过神来时,她正静止在空中。

葵终于松了口气,然后准备回到原先的地方。只要找到轨道,接着潜入地下,应该就能跟大家会合了。

此时她注意到在铁塔附近有一条轨道。

她进入地下,视野变得跟潜入浑水中一样。

"我还想大家会在哪里呢,沿着铁轨前进的话,应该能跟大家会合吧?可我完全迷失了方向,就在我感到烦恼,在地底思索着如何是好的时候,它出现在了我身边。"

距离地面一米深的地方,似乎掩埋着什么。那是一个大小刚好能装进一个人的箱形物体。

我们在葵的带领下,朝那个地方飞去。

那是一块上面建有铁塔的荒地,同属于被铁丝网覆盖的郊区。地面的野草绽开白色花朵,葵所说的那个东西就掩埋在那片地下。

那是个可供长途出国旅行的人使用的大号行李箱。我们在地底更深处一言不发地仰视着它。

凝视这个行李箱,它的外壳就变成了半透明状,装在里面的东西若隐若现。

地下的泥土也如同混浊的水一样,变成了半透明状态,致使我们连夜空中明亮的月亮都能隐约看见。或许正因如此,月光仿佛照进了地下。

"找到了。"

佐藤绚音说道。

行李箱里透出了一个人的身体折叠起来的轮廓。

紧接着,我们的眼前一片漆黑。

时限到了,我们被迫回到了体内。我们手中的仙女棒在火花散尽后落在了跑道的地面上。我强忍着脑袋里的疲倦感环视四周,确认没有见到佐藤绚音的身影。

"还记得刚才的地方吗?"

"记了个大概。"

"葵,好样的。"

"真的吗?"

"啊,当然了,毕竟是我发现的。"

二人看着我,他们的眼神似乎在问我接下来该怎么做。

"先过去看看吧。"

听我这么一说,二人点头表示同意。

我们离开机场,用手机地图软件确认了刚才的地点后出发前往,那个地点步行大约需要一个小时。我们三人吹着晚风走在河岸上,走过县界,穿过住宅区。途中在便利店休息片刻,买了瓶装饮料。

"绚音小姐最后会怎样呢?找到遗体后,真的会成佛吗?"

葵边走边说。

"不知道。她说过,自己并不相信天堂的存在。"

此时提到的"成佛",指的是前往极乐净土或是天堂这样的地方吧。即便没有任何信仰的人,也能前往如此安宁祥和的地方吗?话说回来,是否真有这么个地方还是个问题呢。

我注意到凉落在了后面,他的呼吸开始急促,似乎是体力消耗过大。

"凉,你没事吧?"

葵也跑了过来。只见凉露出不甘心的表情,自嘲道:"就这么点运动量,真是太丢人了……"

"你们先过去,我休息一下就来。"

"那我跟凉一起吧。"

"知道了。"

留下二人的我急忙赶往目的地。

我进入之前以幽灵状态飞来飞去的一片区域，铁轨延伸到住宅区，电车的车窗透出光亮，轰隆隆地从此经过。慢慢地，前方的景色变得冷清起来，一片不曾开发的土地格外突兀。

通过前方的草丛，能够看到另一侧铁塔的轮廓，高耸入云，直逼星空，行李箱就埋在塔下。等我回过神来时，自己已经跑了过去。铁轨沿线有一块用三米高的铁丝网包围起来的土地，铁塔就建在那里面。

似乎只有爬上铁丝网，才能进入里面。我用手指钩住网孔，将鞋尖插进网孔，接着身体向上使劲儿。铁丝网的一部分似乎有尖锐的地方，我瞬间感到了疼痛，手上的皮肤被划破了。翻过铁丝网，我进入了里面。

行李箱被埋在了白色花草的正下方。我环视四周，发现了像是花草的植物——就是这里。

我本想挖掘地面，却意识到什么工具都没有，于是找来了一块断开的木板，就这样挖了起来。我将木板插进地面，刨开松软的泥土，洞一点点地变大。

泥土飞溅到我的脸上，汗水开始滴落。手机响了，我一看屏幕，是母亲打来的。母亲下班回家后，发现我不在家，所以才打来电话确认我现在人在哪里吧？我关掉手机电源，集中精力继续挖。

此时，我又听到有人在呼喊我的名字。不知何时，凉和葵已经站在了铁丝网的另一边。二人似乎已经没有气力再翻过铁丝网了，就这样看着我挖洞。

我用木板的前端插进洞里，然后刨土，不断重复，手臂的肌肉开始酸疼。此刻只能听到我的呼吸声以及挖洞的声音，由于疲劳过度，我几乎晕厥。

一列电车从旁边经过，从车窗透出的光划破黑暗，快速行驶的车体一边发出轰鸣声，一边飞速掠过。

插进土里的木板似乎碰到了什么东西。手受到冲击变得麻木。扒开泥土，我见到了似乎是行李箱表面的部分——是银色的。

见到我这副模样，铁丝网另一侧的凉和葵对我说话。可由于太过疲惫，我并没有听清他们说了些什么。有吗？找到了吗？——似乎是这类问题。汗水流到了眼睛里，我用沾有泥土的胳膊擦拭。

行李箱上的土全被清理掉了。行李箱虽然表面有些划痕，但很是漂亮，是可以将人折叠塞进去的尺寸。我用手指捏住金属拉锁尝试拉动，只听"啪"的一声，行李箱被拉开了，上面并没有见到类似锁的东西。

我打开了行李箱。

我感觉到，在铁丝网的另一侧，凉和葵倒吸了一口气。

我看着她被装进行李箱的身体。

"哎呀。"

她站起身来，伸了一个懒腰，然后做了个深呼吸。

深深地吸了口夜晚的空气后,她心满意足地回过头看着我。

"谢谢你,友也。"

佐藤绚音微笑着说道。

不过,这只是我的幻觉。

她的遗体,还在行李箱里。

六

见我这么晚才回家,母亲表现得有些吃惊。或许还因为我满身都是泥土吧,母亲询问我发生了什么事,我谎称在补习班回来的路上被不良少年缠上了。我那疲惫不堪的表情让她似乎相信了,我并没有在外面擅自玩到这么晚才回家。母亲接受了我的说辞。我洗了个澡后便去睡了,然后天亮了。

九月一日,这一天十八岁以下的自杀者的数量似乎会激增。我忍受着全身肌肉的疼痛,开始了高中第二学期开学的第一天。

教室里坐满了熟悉的同学,班主任来了后,就开始了上午的班级活动。暑假完全结束了，我又回到了日常生活之中。

"喂，你听说了吗？在我家附近发现了一具尸体。"

课间休息的时候，从教室里传来了这句话。几个女生正聚集在课桌周围聊天。

"我早晨起来的时候，发现附近停了好几辆警车，似乎是有人半夜报的警。"

我趴在桌子上假装睡觉，偷偷听着她们的对话。

"大家都穿着睡衣走出家门，想知道到底发生了什么事。"

她的母亲似乎也是从邻居口中听来的，说是从铁路沿线的土地里发现了装在行李箱里的尸体。

得知警方在认真查案后，我总算放心了，因为我们的报警并没有被当成恶作剧。昨天晚上联系警方的正是我、葵还有凉，不过我们没有等到警察赶来，就先行离开了。为了不留下指纹，行李箱的表面已经用手帕擦过了。

当晚放学回家的时候，到处都在报道发现遗体的新闻。又过了几天，报道说遗体的身份已经确定了，电视里还放出了佐藤绚音的名字和照片，警方发表了她有可能卷入了某个案件的看法。没过多久，有个男人向警方自首了。

该男子就是行李箱的主人，他正是在三年前那个台风夜撞死佐藤绚音的人。饱受负罪感折磨的他在看到一系列报道后，似乎断定自己难逃法网，于是将自己知道的一切都告诉了警方，佐藤绚音死亡的经过这才得以公之于众。不过，直到最后人们也不知道将行李箱从地底挖出来并匿名打电话报案的人是谁。

我跟葵还有凉，继续用短信联系。每当有关于此案的后续报道，我们就会交换意见。

九月中旬，我们在某个休息日的黄昏聚在一起，来到机场旧址点燃了仙女棒，这样做是想要验证能否再见到佐藤绚音。最后一次跟她对话，是在发现尸体的那天晚上。最终，仙女棒都烧完了她也没有出现。我们三人的看法各不相同，不清楚她没有出现是因为夏天过去了，还是因为遗体被找到后，感到心满意足的她已经成佛了。

直到有一天，我在梦里见到了她。

梦里，我跟佐藤绚音在游乐园一样的地方散步。令人不可思议的是，那里的建筑物和娱乐设施全都是白色的，显然不是现实世界，纯白的旋转木马、纯白的过山车、纯白的花坛，以及纯白的植物。

佐藤绚音并没有飘浮在空中，而是在用双腿走路。除我跟她以外，再也看不到任何一个人的身影，游乐园内显得空荡荡的。

"你到底想做什么？"

她对我说道。

我并不清楚这个问题是在怎样的情况下提出的，毕竟这是在梦里，考虑这种事可能并没有什么意义。

"我想坐那个。"

她指向远处的摩天轮。

连吊舱也一样是白色。

"因为我曾活过,所以,我希望你也能活下去。"

她停下脚步看着我。那是一张非常漂亮的脸庞。

"只有在活着的时候才能画画,一旦死了,就无法再拿起画笔了。"

我突然想起,自己已经有段时间没有画画了。

我的内心是否仍保有想画些什么的想法呢?

"绚音小姐,你希望我继续活下去吗?"

我追赶着继续前行的她。

"当然了。"

"为什么?"

"因为我喜欢比我年长的人。"

她的回答出乎我的意料。

"友也,你好好想一下。如果你现在死掉的话,就会永远比我小。老实说,高中生并不在我的选择范围内。再多活些时间，等你变得比我大了再去死吧。我是不会说你坏话的。等你变成一个讨人喜欢的大叔后，再来找我吧。"

"……不知为何，感觉有些泄气。"

"开玩笑的。不过，我真心希望你能活下去。我喜欢比我年长的人也是真的。"

佐藤绚音拉住我的手，那是一种很凉、很冰的触感。

"我很感谢你，因为你找到了我的身体，我才能回到母亲的身边。我会祈祷你的人生能够幸福。我不清楚神是否存在，也不清楚是否有谁能实现我这个祈祷，但希望你不要忘记，有我在为你祈祷。好了，友也，再见了。"

她说完最后一句话后，我醒了。

我望着房间上方的天花板，沉浸在梦境的余韵中。

随着冬季的临近，凉的身体状况变得越来越差，病魔正侵蚀着他的身体。在这期间，我意外地收到他发来的短信：他和葵开始交往了。

我丝毫没有注意到，他们两个是从什么时候开始变成了这种关系的。在我没注意的地方，可能发生了很多的事情，但我决定不去干预。

我发去祝福的短信，很快就收到了回复，而且发来的是照片。那是他们两人在病房里的合影。躺在病床上的凉看上去相当消瘦。

十二月二十四日，补习班的课程结束后，我并没有回家，而是直奔车站附近的大厦。往来的行人全都穿着厚实的大衣。圣诞节音乐充斥着整条街道，两旁的树木全都点缀着彩灯。咖啡厅的窗户上装饰着圣诞老人以及十字架，一看到十字架，我就想起父亲一直珍惜的念珠。

我乘坐电梯，来到事先调查过的任何人都能轻易进入的大厦。从屋顶到地面的距离足够高，如果就这样跳下去的话，存活的概率微乎其微。大楼前的道路上行人稀少，应该不会将什么人牵扯进来吧？

屋顶四周被栅栏团团围住。只要跨过栅栏，直接从屋顶边缘一跃而下就可以了。

冰冷的寒风吹着脸颊,我将装有参考书和习题集的笨重书包放在脚旁。

我紧贴着栅栏俯视着街道。车站周围十分繁华,因此这里高楼林立。圣诞节的音乐声无法传到屋顶,只能听到风的声音。

我打算在新年到来之前死去,但梦中与佐藤绚音的对话一直困扰着我。

"因为我曾活过,所以,我希望你也能活下去。"

我可以认为那只是一场梦,并不是真正的佐藤绚音。不过,如果真是这样的话,那便是我的潜意识让我梦到这些了。难不成我内心深处渴望活下去,所以这才借用了她的样子和声音对自己进行劝告?

又或者,那就是佐藤绚音本人传来的信息?她为了对我道谢,特意出现在了我的梦里?

我期待着来到屋顶就能弄清楚自己到底是否想死,但我还是没有弄清楚。

要不要翻过栅栏,试着站到屋顶的边缘呢?

尝试让自己处于跳楼自杀前的状态?

意想不到的是,我竟然觉得自己能飞起来。

当手指刚触碰到栏杆时,天空下起了雪,白色的小颗粒从我眼前飘过,宛如羽毛在飞舞。我抬起头,夜空中不断有雪落在街道上。

"我会祈祷你的人生能够幸福。"

不知为何,她的这句话以及说话时的神情竟然浮现在我的脑海里。当我回味这句话时,内心感到了温暖。这令我产生了久违的冲动,一种在脑海里的印象变淡之前,把它描绘出来的冲动。我想把她的样子画下来,留在这个世界上。

结果,那天我什么都没做便离开了屋顶。在回家的路上,我看到初中时代常去的那家画具店还在营业,于是购买了新的素描簿。

直到年末，我也没有去死。

"你死了吗？"

新年的时候，葵给我发来信息。

她大概还记得我打算年底去死的话。

"还没死。"

我这样回复道。

如果死了的话就不会给她回信了。

我稍微犹豫了一下，然后又发了一条消息。

"我决定再活一阵子。"

七

仙女棒前端的火球在不断扩大,被包裹在纸捻中的火药熔化成高温的"水滴"。

火球的上端比下端更明亮,颜色也更加漂亮。伴随着高温,周围的空气形成了上升的气流,这是由下往上涌来的氧气造成的。火球微微一震,终于开始绽放火花。

仙女棒瞬间发出耀眼的光芒。突然间,虫鸣声消失了,四周变得鸦雀无声,这种感觉已经一年多没经历过了。随着时间被延长,整个世界的联系似乎被逐渐削弱,唯独此地没有发生任何变化,真可谓 个奇迹。

葵站在我的身边。

我身后则站着凉。

我们三人就这样围在一起,看着仙女棒绽放。

"咱们三个好久没像这样聚在一起了呢。"葵开口说道。

我点头表示同意。

"没错。我最近比较忙,不过终于回来了。抱歉,让大家久等了。"

"不用在意,能见到你们我就很开心了。那件事,已经过去一年了吧。"

凉仰望着天空。

黎明到来前的天空,与其说是黑色,不如说是厚重的蔚蓝色。

此时我的脑海中,浮现出了佐藤绚音的身姿。

我想起了那个虚幻的、模糊的、不确定是否还存在的她的事情。

今年夏天还没听到过关于她的目击情报。

"绚音小姐,没有来啊。真可惜。"

葵喃喃自语道。如果是去年夏天的话,她应该早就现身了,但现在并没有她要出现的迹象。

"我想绚音小姐一定是没有什么遗憾,所以去往下一个场所了。"

虽然不知道"下一个场所"会是什么地方,但我们应该为此祝福。

她不会再出现了。"夏日幽灵"的都市传说不久后就会被淡忘,不会有人再提起了。即便如此,每当夏季来临时,我还是会想起她。

"友也,"凉开口道,"你最近怎样?还精神吗?"

"正在以美术大学为目标复读。我总算开始一个人住了。之所以一直没有过来,是因为搬家和打工太占时间了。"

回想起这半年所发生的事,我感慨颇深。

我决定搁置自杀,再多活一阵子,不过我并没有选择上大学这条路。考试当天,我没有前往考点,而是带着素描簿在海边散步。遇到喜欢的风景，我便会坐下，将眼前风景画下来。到底是谁注意到了我没有去考试的呢？估计是报考了同一所大学的熟人注意到，并向大人们报告了吧。等我注意到时，手机上已经有数条来电显示。

母亲、班主任、补习班老师，纷纷感到混乱、愤怒和无奈。大人们说我这是在放弃自己的人生。果真像他们说的那样吗？我当时本该参加多所大学的考试，还提交了申请书并支付了报名费，可我一场考试都没有参加。那些情绪激动的大人为此给我打上了落后者的烙印。

我就这样毫无出路地从高中毕业了。我的事迹传遍了学校，就算走在走廊上也能感受到他人投来的视线。学校似乎都在流传着，我这个优等生因为考试压力大而神经衰弱，最终变成了一个脑子不正常的人。不过这已经不重要了。

我以前从不会对母亲表现出反抗的态度，可以说我是通过顺从的生活方式来守护自己的。究竟是怎样的契机让我觉得没必要再这样装下去了？是自己的身体越发接近成人，所以对家长持有的绝对权威不以为意了，还是想要绘画的心情战胜了对母亲的畏惧？这次，我决定拼命守住埋藏在内心深处的热情。我不会因为任何人的言语而动摇，即便遭到众人的嘲笑，我也要坚信自己心中所产生的那股冲动。

高中毕业后，我根据自身意愿，去了美术系大学的补习学校学习。为此我还跟母亲做了斗争。我对她的爱并没有消失，很感激她起早贪黑养家糊口的这份恩情，我并不认为母子关系会就此破裂、消失。

"我生下了你，所以才会有你的存在。"

我在内心某处，确实尊重母亲主张的造物主立场，所以对自身的反抗感到羞愧。不过现在，我将母亲视作平等的人来看待，因此没有必要感到愧疚。

"有时我会想，是不是你假装成优等生会生活得更轻松些？"

母亲的冷嘲热讽所带来的精神攻击让我感到束手无策。不过，好在我总算离开了母亲那里，今后应该能过上平静的生活了吧？

然而父亲不知从哪里打听到我一个人生活，竟然给我寄来了一张明信片。我那场考试骚动让住在附近的人也有所耳闻，大概是跟父亲关系不错的基督徒一家跟他说的吧。明信片上印有耶稣在天使的环绕中在空中飞翔的插图，上面还写着为我的新生活加油的话。很久以来我都不知道父亲生活在何处，不过明信片上倒是写有他现在的住址。或许有那么一天，当我习惯了独自生活的时候，去看望一下父亲应该会是个不错的想法吧。

"想死的念头如今已经离我越来越远了。或许过不了多久，会再次想起来。可要是死掉的话就不能画画了，只要还想绘画，我就会活下去。"

"听你这样说，我就放心了。"

凉点了点头，然后看向葵。

"葵也决定活下去了吧?"

"嗯,最后一次见面时,凉对我说过,希望我能活下去。"

"原来你知道啊。害得我挺担心的,怕你没有听到我说的话。那天我不是没有发出声音嘛。"

"看你的口型就知道了。所以,我听到了。"

葵最后一次见凉,是在病房里。当时我并不在场,憔悴不堪的他因为药物昏迷不醒。凉是在葵离开病房的半天后去世的。

仙女棒的火球四周飘浮着几个闪闪发亮的光点。我松开了仙女棒。由于时间是静止状态,因此它并没有落在地上,而是停留在空中。

凉的身影轮廓模糊,就像一年前,跟我们有过交流的"夏日幽灵"一样。明明就在眼前,本体却好像存在于某个遥远的地方,像海市蜃楼一般。

"那其实是我心中的遗憾——我不知道那句话有没有

传达给葵。"

"所以你才变成幽灵出现了。"

"毕竟是葵,很有可能听错。"

"不会的。你到底有多不信任我?"

葵鼓起了脸颊。

"看到你这么精神,我就松口气了。这样我也能安心去下一个场所了。"

"下一个场所?天堂吗?那里真的存在吗?"我好奇地问道。

"谁知道呢。"

"话说回来,凉为什么没有选择自杀呢?"

他住院后身体应该还能动,即使在床上也能上吊自杀,但他为什么没有那样做呢?我其实早就想问他了,但由于凉的病情加重,不能轻松地交流,因此一直没问。

凉苦笑般地撇嘴看着我。

"都是因为友也发信息说要活下去,所以我才一直活到了死。"

"我好像懂了,又好像没懂。"

"如果你没死,唯独我死了的话,不是很难看吗?"

"就因为这种事?"

"和病魔战斗到最后的凉,真的特别帅。"

葵哭了,泪水沾湿了她的脸颊。

"真的太帅了。我现在去上学了,每天都快吐了,真的有想去死的心。我总是被人嘲笑,失败所带来的沮丧感令我感到痛苦,厌恶一切。我难受、悲伤,想去死,想要逃跑。但是,每当这种时候,我就会想起凉,你战斗到最后的样子就会浮现在我眼前,于是我便能够振作起来,想要继续活下去。所以说,一年前能认识你真的太好了。谢谢你,凉。"

凉把手放在葵的脸颊上,他动起来的手指似乎想要擦去泪水。但是,那模糊的手却穿过了脸颊和泪珠,他无法进行物质层面的干涉。

凉露出温柔的笑容看着葵。

"要是能再多聊一会儿就好了。如果能将你们两人的灵魂从肉体中抽出来的话,或许就能慢慢聊天了。"

"要试试吗?"

"刚才已经试过了,就在触碰葵的时候,但是不行。"

凉说到这里时,想要抓住我的胳膊,然而他的手只是穿过了我的胳膊,什么事都没有发生。

"看吧,连你也不行。"

"为什么会这样?是因为你的修行还不够吗?"

听我这么一说,他露出惊讶的神情。

"你说为什么,友也,这么简单的事你都不明白吗?你们之所以不能变成幽灵状态,是因为你们两人的灵魂还活着。灵魂并不想离开肉身,所以无法取出,我很确信这一点。"

仙女棒的火花四散。从火球中飞出的光粒,在空中勾勒出了轨道。静止的时间即将恢复原状。

"差不多该说再见了。"

听到我这句话,葵擦干了眼泪,冲凉露出微笑。

"凉,再见了。能再次见到你,跟你说话,真是太好了。"

"我也是,能再次跟葵说话,真的很开心。友也也是,谢谢你。"

东方的天空变得明亮,黑暗被清晨推着渐行渐远。与此同时,凉的身影也越来越稀薄。

"再见了。"他轻轻挥舞着手。

当远方的朝阳照射到跑道上时,凉的轮廓如同融化般消失了。

天空随后又出现了令人怀念的夏日蓝,我们盯着他站过的地方看了一会儿。风吹过跑道旁边繁茂的杂草,它们连绵起伏,发出如同海浪一般的声响。

我催促着葵回去。我们穿过铁丝网,离开了那里。

途中,我站在山丘上俯瞰机场旧址,在心中与佐藤绚音告别。

  然后我们各自回到了自己生活的地方。

图书在版编目（CIP）数据

夏日幽灵 /（日）乙一著；温雪亮译. -- 北京：中国友谊出版公司, 2024.12（2025.7 重印）
ISBN 978-7-5057-5865-0

Ⅰ.①夏… Ⅱ.①乙…②温… Ⅲ.①中篇小说 – 日本 – 现代 Ⅳ.① I313.45

中国国家版本馆 CIP 数据核字 (2024) 第 077993 号

著作权合同登记号　图字：01-2024-5124

SUMMER GHOST by loundraw, Otsuichi
Copyright © 2021 by loundraw, Otsuichi
© 2021 SummerGhost
All rights reserved.
First published in Japan in 2021 by SHUEISHA Inc., Tokyo.

This Simplified Chinese edition published by arrangement with Shueisha Inc., through Hangzhou FanFan Culture Media Co., Ltd.

书名	夏日幽灵
作者	［日］乙一
译者	温雪亮
出版	中国友谊出版公司
发行	中国友谊出版公司
经销	新华书店
印刷	嘉业印刷（天津）有限公司
规格	880 毫米 × 1230 毫米　32 开 5.125 印张　66 千字
版次	2024 年 12 月第 1 版
印次	2025 年 7 月第 4 次印刷
书号	ISBN 978-7-5057-5865-0
定价	49.80 元
地址	北京市朝阳区西坝河南里 17 号楼
邮编	100028
电话	（010）64678009

文治
磨铁图书旗下子品牌

更好的阅读

特约监制　潘　良　于　北
产品经理　邱　树　苟新月
特约编辑　朱韵鸽
版权支持　冷　婷　金丽娜　李孝秋
营销支持　于　双　温宏蕾
封面设计　何家仪

关注我们

官方微博：@文治图书
官方豆瓣：文治图书
联系我们：wenzhibooks@xiron.net.cn